長編小説

人妻刑事

橘 真児

竹書房文庫

目次

この作品は竹書房文庫のために書き下ろされたものです。

※本作品はフィクションです。作品内の人名、地名、団体名等は実在のものとは一切関係ありません。

プロローグ

（いた――）

獲物を捉えた捕食者の目が、あやしく輝く。

混雑率が二〇〇パーセントに近い電車内、石橋《いしばし》亘《わたる》は少しずつからだを移動させ、標的に接近した。

彼は痴漢である。しかも、電車内痴漢のプロだ。

もちろん、そんなものは職業ではないし、それだけで食べていけるわけもない。けれど、専門家なり熟達者の意味であれば、間違いなくプロと言えた。

なぜなら、これまで数え切れない女性たちを弄《もてあそ》び、辱《はずかし》めながら、一度たりとも捕まったことがないのである。

ひとつには、行為の最中に見つからないこと。人間には必ず死角、もしくはそれに準ずる場所がある。

たとえば斜め後方でも、利き手側とそうでないほうでは、発見される確率が格段に違う。まして、混雑した電車内なら尚さらだ。また、身を屈めて頭の位置をちょっと下げるだけで、疑われずに済むこともある。

他に、錯覚も利用できる。もしも尻をさわられれば、痴漢は必ず後ろにいると思い込むもの。そのため、注意は背中のほうに向けられ、前側が疎《おろそ》かになる。よって、そちらにいれば気づかれない。

かように、バレずに済む方法はいくらでもある。もっとも、過去に「痴漢です」と声を上げられ、腕を摑《つか》まれたことは、石橋にもあった。

にもかかわらず、逮捕や起訴に至らなかったのは、そのときの対処が適切だったからである。

絶対にやっていないと、認めないのは当然のこと。さらに、これは冤罪《えんざい》だと強く主張するのだ。

もしも痴漢を疑われたら、駅員から別室へ行くよう言われても、絶対に従ってはならないと巷《ちまた》で言われている。そうなるといくら弁明しても聞き入れられず、そのまま罪をかぶることになるからと。

けれど、石橋は自ら別室へ行くことを求める。それも、被害者も一緒に。警察を呼んで徹底的に調べてもらうと訴えるのだ。こちらの手に被害者の衣類の繊維が付着しているのか、また、被害者の衣類からこちらのＤＮＡが検出されるのかと、科学捜査を要求する。

これにより、被害者は動揺する。ここまで自信たっぷりなのは、本当に人違いではないのかと。顔を見られていなければ、十中八九自身の判断を疑い出す。

それが表情に出たのを見計らい、冤罪が明らかになったら損害賠償を請求すると脅すのである。被害者のみならず駅員に対しても、その覚悟があるのかと怒りをあらわにする。

後で述べるが、もともと痴漢をされても声を上げないような、気の弱い女性を狙っているのだ。ここまで言われれば、本当に冤罪かもしれないと思うようになる。

それにより、駅員も疑念を抱けばしめたものだ。当事者でもないのに訴えられてはとんだとばっちりだし、間違いないかと女性に念を押す。これにより、彼女はいよいよ追い詰められる。

ここで石橋は、被害者に同情する態度を示す。

痴漢に遭《あ》って怖かっただろうし、嫌な思いをしたのは理解できる。だからと言って、無実の人間を痴漢だと決めつけたら、あなたも他人を傷つけることになる、と。

何しろ、疑われた人間の社会的な地位を奪い、人生を目茶苦茶にするのだ。そんなことをしていいのかとお説教までする。

この時点で、訴えは一〇〇パーセント取り下げられることになる。

思惑どおりに事が運ぶのは、石橋が男前で、かつおしゃれな身なりをしているおかげもあった。一般的な痴漢のイメージとかけ離れているため、ますます被害者は己《おのれ》の判断が信じられなくなるのだ。

さて、痴漢行為を成功させるのに最も重要なのは、標的のチョイスだ。恥ずかしい目に遭っても声を上げられない、気の弱い女性をターゲットにするのは、痴漢の鉄則である。

石橋は女性を見極める術《すべ》を会得していた。ひと目見ただけで、うまくいくかどうかが本能的にわかる。これも経験のたまものであった。

かくして、今日も女性の敵は、捕捉したターゲットに接近した。

（……おお、人妻か）

心の内で舌なめずりをする。吊革に摑まった左手の薬指に、銀のリングが嵌《は》められていたのである。

見える範囲からして、明らかに勤め人とは異なる装《よそお》いだ。友達とお茶でもしたか、買い物にでも出かけた帰りではないか。

さらに近づくと、右肩に大きなトートバッグを掛け、からだを守るようにガードしている。痴漢を警戒しているらしい。いかにも不安げな面持《おもも》ちを浮かべているところからして、よく狙われるに違いなかった。

（うん。最高の獲物だ）

石橋は内心でほくそ笑んだ。

いざとなると抵抗できない、気の弱い女性が最適なターゲットであるが、どうせさわるのなら美人がいいに決まっている。さらに、プロポーションも抜群なら言うことなしだ。

おとなしそうな人妻は伏し目がちながら、目鼻立ちの整った美貌が目を惹く。これで性格が強気ならニュースキャスターあたりが似合いそうだが、せいぜいお天気お姉さん、いや、お天気奥様というところか。怒鳴っただけで腰を抜かしそうな神経の細さが、面立ちに滲《にじ》み出ていた。

年はおそらく三十路《みそじ》前後ではないか。周囲を気にする落ち着かない素振りに、保護欲もそそられる。

これは同業の痴漢たちも、迷いなく狙うであろう。彼女が警戒するのも無理はない。

（今日はおれが愉《たの》しませてもらうとするか）

石橋は、彼女の右後方から近づいた。右肩にバッグを掛けているから左利きであり、つまり利き手と反対側から。また、大きなバッグでガードしている分、油断しているはずである。

接近しても、からだを人妻へ向けることはしない。痴漢だと特定されないよう、顔もあさっての方向へ。そして、手を彼女の下半身へのばす。

ヒップをすっと撫でただけで、穿《は》いているのがひらひらした丈《たけ》の短いスカートだとわかった。これも熟練者ゆえ、簡単に見極められるのである。

ビクッ——。

熟れたボディが反応する。けっこう敏感らしい。

（このスカートなら簡単にめくれるし、かなりのところまでさわれそうだぞ）

パンティ越しに尻を撫でられるだけでなく、アソコに指を這わせることもできるかもしれない。

まずはスカートの上から軽くタッチし、徐々に指先に力を入れる。臀部《でんぶ》の柔らかさや弾力が感じ取れるまで。

横目で確認すると、人妻の頬が赤く染まっていた。人混みの中、不埒《ふらち》な手からどうにか逃れられないかと、身をよじっているようだ。

もちろん、逃げ場などどこにもない。

肩にかけたトートバッグが邪魔をして、手で払いのけるのも難しいようだ。吊革の左手を離したものの、石橋は右後ろからさわっている。満員の車内ゆえ、そちらの手も届かない。

彼女はもはや、囚《とら》われの身も同然だった。

石橋の手がスカートの中に侵入すると、最初こそ尻をくねらせたものの、諦《あきら》めたか無抵抗になった。化学繊維らしきツルツルした素材の下着越しに丸みを揉まれ、裾《すそ》からはみ出したお肉を摘《つ》ままれても、じっとしていた。

（ああ、いいおしりだ）

美人なだけでなく、ボディも極上だ。適度なボリュームと張りは、近頃では最高の部類ではなかろうか。

感動を込めて愛撫しても、彼女は抵抗しない。大臀筋を強《こわ》ばらせるのが精一杯のようだ。

（よし、これなら――）

熟れ尻を堪能し、いよいよ指をクロッチの脇から侵入させる。恥毛が絡み、外陰部のぷにっとした感触まで捉えた。

痴漢常習犯とは言え、いつもここまでさわれるわけではない。スカートを穿いているとか、抵抗しないといった条件がうまく重なって、初めて可能なのだ。

しかも、これだけ魅力的な人妻を弄べるなんて、千載一遇のチャンスと言えた。

（え、濡れてる？）

石橋は胸を躍らせた。恥肉の合わせ目に指を這わせたところ、ヌルッとした感触があったのだ。

（こいつ、おれにいじられて、感じてるんじゃないのか？）

警戒しているように見えたのは、実は痴漢を待ちわびてだったとか。だとすれば、とんだ食わせ物だ。

そのとき、車内アナウンスがある。もうすぐ次の駅だ。

（誘ったら、ホテルもＯＫかも）

期待がふくれあがる。痴漢が縁でベッドインにまで至ったことは、さすがに一度もなかった。アダルトビデオや官能小説ならありがちな話でも、現実ではそううまくいくわけがない。

しかし、これが初の成功、いや、性交となるのかも。

くだらない駄洒落《だじゃれ》を考えて悦に入っていた石橋は、人妻の動きに変化があったことに気がつかなかった。完全に油断していたのである。

「痴漢です！」

いきなり大声を出され、心臓が止まりそうになる。

（ヤバい）

焦って引っ込めようとした手首を強い力で掴まれる。おまけに、背中側にねじ上げられたのだ。ターゲットに半分背を向けていたことが、裏目に出たらしい。

（ええい、油断した）

ひとの波が「モーゼの奇跡」のごとく分かれて、周囲に空間ができる。ここはとにかく逃げるしかないと、石橋は強硬手段に出た。身を翻《ひるがえ》して人妻に向き直り、掴まれた方と反対の手で、人妻に殴りかかったのだ。

「え？」

目の前にいたはずの彼女が、突然消える。狐につままれた気分に陥《おちい》ったとき、

「甘いわね」

声が下から聞こえた。

そちらに目を向ければ、しゃがみ込んだ麗《うるわ》しの人妻が、スカートから伸びた美脚を

すっと横に払う。綺麗な弧を描いたのを、石橋が目にすることはできなかった。なぜなら、足を払われて、尻から電車の床に落ちたのである。

「いてぇッ！」

悲鳴をあげたところで、素早く後ろに回った彼女に、再び手を後ろにねじ上げられる。しかも、両手を。

「いてててて」

石橋は情けない声を上げ、床に俯《うつぶ》せにさせられた。さらに、両手首をがっちり固定される。どうやら結束バンドを使われたらしい。

すべてがあっという間の出来事だった。

（こいつは、ひょっとして——）

婦人警官が張っていたのか。でなければ、ここまで手際がいいはずはない。

「観念しなさい」

背中に乗った女が告げる。それでも石橋は電車が停まるまで、両脚をジタバタさせてもがき続けた。

「これは違法な潜入捜査だ。善良な市民を思わせぶりな素振りでその気にさせ、痴漢行為を誘ったんだ！」

到着した駅で警官に引き渡されるとき、石橋は怒りをあらわに叫んだ。

「弁護士を呼べ。おれは真面目な人間なんだ。女にも不自由してないし、この女が誘惑してこなけりゃ、痴漢なんて絶対にしなかったんだ」

そして、自分を罠に掛けた人妻婦警を睨《にら》みつける。いや、結婚指輪もきっと偽装だ。夫がいるのに自ら猥褻《わいせつ》行為をさせるはずがないと思わせるために、嵌めていたに違いない。

そのせいで、自分はハメられたのである。

「いいか。お前を訴えてやるからな。おれを罪人にした報《むく》いを受けさせてやる！」

罵倒しても、彼女はけろりとしていた。

「あなた、何を言っているの？　わたしは一般人よ。これは常人《じょうじん》逮捕です」

しれっと答えた彼女は、最初に見かけたときの不安げな面差しが嘘のよう。今は勝ち誇った表情を見せていた。

第一印象は、もしも性格が強気ならニュースキャスターが似合いそうというものだった。しかし、今はそれ以上に、できる女の雰囲気をまとっている。いっそ女医か女検事かというぐらいに。

これで現職の警察官でないのなら、いったい何者だというのか。

「何が一般人だ。お前、婦警だろ。それとも囮《おとり》捜査が専門の刑事か？」

「何度も言わせないで。わたしは警察官じゃないの。まあ、わたしの身分は、裁判のときにはっきりするでしょうけど。そもそも、警察官であることを隠して証人になるなんてできないからね」

「な、何だと？」

「その日が楽しみだわ。あなたがわたしにした猥褻行為を、事細かに証言してあげるからね」

石橋はさすがに怯《ひる》んだ。しかし、負けていられないと食って掛かる。

「ふざけるな。おれにさわられて感じたくせに。マンコがヌルヌルになってたじゃないか！」

これに、女はやれやれというふうに肩をすくめた。

「女性器は乾燥しないように、常に液体を分泌させているの。そんなことも知らないデリカシーのない男だから、女性を欲望のはけ口としか見なさずに、卑怯な痴漢行為に及ぶのよっ！」

罵《ののし》り返され、石橋は言葉を失った。

これまで痴漢だと突き出されたときには、攻撃は最大の防御だとばかりに強気に出て、いく度もピンチを切り抜けてきたのである。それがまったく通用しないものだから、軽いパニックに陥っていた。

「あ、そうそう、これも証拠になるかしら」

女がトートバッグからスティック状のものを取り出す。

「ボイスレコーダーよ。たった今、あなたがわたしの性器に触れたって言ったこと、しっかり記録したからね」

ボタンが押され、そこから声が流れる。

『――マンコがヌルヌルになってたじゃないか！』

石橋はがっくりと肩を落とした。そこに、被害者のはずの女が追い討ちをかける。

「こいつの指から、わたしのＤＮＡが検出されるはずです。動かぬ証拠ってやつですから、手にビニール袋でも被せて、汚染されないようにしてくださいね」

ニッコリと告げられ、警官たちは戸惑いを隠せない様子だった。

石橋が連行されてゆく。警官がひとり残り、女に訊ねた。

「逮捕へのご協力、感謝いたします。ええと、今後の捜査にも協力していただくことになりますので、お名前と連絡先、ご職業なども教えていただけますでしょうか」

女は胸を張って質問に答えた。

「わたしの名前は高宮沙樹《たかみやさき》。正真正銘の主婦です」

第一章　相棒

1

「そうか。石橋を逮捕できたか」

応接セットの上座に坐った鍋島秀彦《なべしまひでひこ》が、満足げにうなずく。そのはす向かいに腰掛けた沙樹は、余裕たっぷりの微笑を浮かべた。先日の奥様風の装いとは打って変わって、今日は上下黒のスーツ姿。タイトミニからのびた美脚を高く組んだ姿が、クールビューティーな容貌にマッチしていた。

「少々時間はかかりましたけど。何しろ、敵の行動パターンを知る必要がありましたので」

容疑者の特定に始まり、どこの路線で痴漢をするのか、その手口はなど、事前の捜査がなかなか大変だった。その間、早く捕まえてやりたいと何度も思ったが、とにかくぐうの音《ね》が出ないまで追い詰める必要があったので、計画を綿密に立てたのである。

「彼は迷惑防止条例だけでなく、強制猥褻でも起訴できると思います。かなり好きにやられましたから」

「君のほうは大丈夫だったのかね？」

「ええ、ご心配なく。それから、刑事事件での立件は、わたしのケースだけになるでしょうけど、彼の名前と顔が公《おおやけ》になったら、民事のほうで損害賠償を起こせないでしょうか。大勢の前で、冤罪だと罵られた被害者もいますし。あんな卑劣な男は、徹底的に懲《こ》らしめる必要があります」

「そうだな。訴えが容易になるように、私も各方面に働きかけるとしよう」

「よろしくお願いします」

ここは鍋島のオフィスである。もっとも、いくつもの企業に請われ、ＣＥＯを務める彼にとって、ここは数ある中のひとつに過ぎない。事実、沙樹が最初に呼びつけられたのは、別の場所であった。

(あれからもう、三ヶ月経つのね……)

初対面のときと変わらぬ印象の鍋島を見つめ、沙樹はそのときのことを脳裏に蘇《よみがえ》らせた――。

鍋島秀彦の名前は知っていた。企業人として、それから資産家としても、メディアでたびたび取り上げられる有名人だったからだ。加えて、自分がかつてしていた仕事と、繋《つな》がりのある役職も務めていた。

だからと言って、どうして彼に招かれたのか、沙樹は見当もつかなかった。退職して、すでに二年近くが経っていたのである。

訪れた先は、鍋島が社長を務める会社であった。

社名は「総合調査開発産業」。何をやっている会社なのか、名前からはさっぱりわからない。

実は、事前にネットで検索したのである。ところが、所在地以外は何も摑めなかった。中間利益を得るためのトンネル会社なのか、あるいは資金洗浄のための、と、沙樹はかなり怪しんだ。鍋島の名前がなければ、きっと犯罪絡みに違いないと決めつけたであろう。

行ってみれば、そこは都心のオフィスビルで、くだんの会社は最上階、地上三十一階のフロアを独占していた。床面積が広く、他の階は二～三社が入居していたのに。

それだけ羽振りがいいということなのか。

エレベーターに乗って最上階で降りると、無人の受付カウンターがあった。その先の、長い廊下の左右に、オフィスの出入り口らしきドアが並んでいる。

突き当たりの部屋へと指示されていたため、沙樹は真っ直ぐ進んだ。

(どうもおかしいわ)

途中で首をかしげる。休日でもないのに静かすぎるのだ。まるで、そのフロアには誰もいないかのように。

廊下の一番奥、社長室のプレートがついた、やけに重々しい木製のドアをノックすると、脇のインターホンから声がした。

『どちら様ですか?』

若い女性の声だ。おそらく秘書であろう。

「高宮沙樹です。鍋島さんに呼ばれて参りました」

答えてすぐに、ドアのロックがカチャリとはずれた。こちらが名乗らずとも、ドアの前に立つまでのあいだに、身元を割り出していたに違いない。少なくとも五つの監視カメラが廊下にあったのを、沙樹は見逃さなかった。

中に入ると、そこは秘書室らしかった。ひとりには必要十分のスペースにデスクがひとつ。そして、二十代半ばぐらいであろう女性がひとりいた。

「こちらへどうぞ」

立ちあがった彼女が、隣の部屋へ通じるドアを開ける。そちらはかなり広く、三十人以上の会議でも使えそうだ。

にもかかわらず、あるのは重厚なデスクと、ひと組の応接セット。他は壁際に大きなサイドボードと、大画面のテレビが設置されているぐらいだ。

木調の壁に絵や書が飾られ、大きな花生けも置いてあるけれど、せっかくの広さを無駄遣《づか》いしていると言えよう。

(こんなところ、賃貸料もかなりかかるでしょうに)

あきれながらも足を進めると、デスクにいた初老の男が立ちあがる。写真と映像でしか見たことがないが、鍋島秀彦そのひとであった。

(たしか、六十四歳よね)

きちんと整った髪こそロマンスグレイながら、年齢のわりに若々しい。肌にも艶《つや》があり、エネルギッシュに映る。仕事で忙しく飛び回っているからであろう。若い頃は浮き名を流したのではないかと思えるほど、男前でもあった。

「初めまして。高宮沙樹です」

近くまで進んでから名乗ると、彼は愛想のいい笑顔を見せた。

「いやいや、御足労のほど申し訳なかった。さ、こちらへ坐りたまえ」

と、応接セットのソファを勧められる。

「どうも」

沙樹は一礼して腰掛けた。三人掛けの真ん中に。

ローテーブルを挟んで、向かいにも三人掛けがある。上座にはひときわ大きな、ひとり掛けの椅子。鍋島はそこに坐った。

それから、彼はこちらをじっと見るだけで、なかなか言葉を発しない。沙樹は焦《じ》れったさを感じつつ、威厳をまとった男を横目で観察した。

五分近くも経ったのではないか。鍋島が満足げにうなずく。

「さすがだね」

「え？」

「どんな屈強な男でも、あるいは権力を持つ者でも、こんな状況に置かれたら萎縮するものだ。ところが、君はほんのわずかな怯えも見せない。さすが私が見込んだだけのことはある」

「はあ」

きょとんとする沙樹に、彼は気まずげに咳《せき》払いをした。

「実は、君に仕事を頼みたくて、ここに来てもらったのだ」

「仕事といいますと？」

「その前に、いちおうこちらで摑んでいる君の情報を確認したいのだが。ええと、高宮沙樹君、年齢は三十一歳。現在は無職ということでいいかね？」

「無職というか、主婦です」

「ああ、申し訳ない。以前の勤め先は警視庁だね」

この問いかけに、沙樹は無言でうなずいた。眉間に浅くシワを刻んで。

「大学卒業後、優秀な成績で警視庁にⅠ類採用。同期の誰よりも早く巡査部長になり、刑事部捜査第一課に所属。多くの事件を解決し、刑事部長賞を何度も受賞しながら、二年前、結婚を機に退職した」

鍋島はメモを見るでもなく、すらすらと沙樹の経歴を述べた。

「これで間違いないね？」

「ええ、そうですね」

憮然《ぶぜん》とした顔つきになっているのは、自分でもわかった。警視庁時代のことは、あまり思い出したくないのだ。

「それだけ優秀な警察官でありながら、どうして引退したのかね？　旦那さんも同じ仕事だから理解してもらえるだろうし、仕事と家庭の両立は難しいことじゃないと思うのだが」

「そこまで調べているのなら、もうわかってるんじゃないですか？」

反発をあらわに言い返すと、鍋島が苦笑する。

「もちろんそうだが、君の口から聞きたいのだ」

「悪趣味ですね」

沙樹はやれやれと嘆息《たんそく》した。

「簡単に言えば、いくら活躍しても、一人前と認めてもらえなかったからです。わたしが女だっていう、それだけの理由で。刑事部長賞だって、対外的なアピールに利用するためであって、組織内でのわたしへの評価は、決して高くありませんでした」

話しだしたら止まらなくなり、気がつけば沙樹は、積もり積もったものをぶちまけていた。警察組織という男社会の中で、女が実力を発揮し、認められることが、どれだけ難しかったかを。

「犯罪捜査は男の仕事だっていう意識が、特に刑事部の人間には根強いんです。女は生活安全課か総務課に行けと、そんな雰囲気すらありましたから。ただ、女としての苦労は、採用試験を受ける前から覚悟はしていましたし、それだけで辞めたわけではないんです」

「他に理由があるのかね？」

「捜査方法そのものも不満でした。だって、たくさんの制約があるじゃないですか。もちろん法律は遵守《じゅんしゅ》しますけど、手続きも煩雑だし、思い切ったことができなくてフラストレーションが溜まっていたんです」

具体的なことを言わずとも、鍋島はなるほどという顔でうなずいた。

「そんなふうに、いろいろなことで苛々《いらいら》が募って、唯一相談にのってくれたのが、同じ捜査一課にいた今の夫です。まあ、それが縁で結婚することになったんですけど。同じ課でそのことを報告したら、捜査一課から異動するよう、課長に命じられました。同じ課に夫婦で所属するのは好ましくないとか、訳のわからない理屈をこねられて」

「ふうむ」

「それで堪忍袋の緒が切れて、だったら辞めますって宣言したんです。そうしたら、捜査一課の誰ひとりとして止めてくれませんでした。たぶん、わたしを鬱陶《うっとう》しく感じていたんでしょうね。夫も家にいてくれたほうが安心だと言ったので、そのまま退職しました」

言い終えて、沙樹はふうと息をついた。ちょうどそこに、秘書の女性がグラスに入った冷たいお茶を運んできてくれる。

「ありがとう」

ゴクゴクと一気に飲んで喉を潤《うるお》し、「もう一杯お願いします」と注文する。そんな沙樹を見て、鍋島は慈《いつく》しむように目を細めた。

「わかるよ」

うなずいた彼に、沙樹は「え？」と首をかしげた。

「私は、君が警視庁にいたときから、東京都の公安委員を務めている。今年度から委員長になった」

「ええ、存じています」

都の公安委員会と言えば、警視庁とは切っても切れない関係である。

「公安委員会は、本来なら警視庁を管理監督する立場にある。ところが、現実はそうじゃない。警視庁となあなあの関係で、たとえ問題があっても、警視庁側の主導で握りつぶされることが多いんだよ」

「それはわたしも聞いたことがあります。メンバーに問題があって、うまく機能しない場合もあるとか」

「恥ずかしながら、その通りだ」

やり切れないというふうに、鍋島がため息をつく。

「委員の中には、警察制度や司法のことなど丸っきり理解していない者もいてね。そういう者が選ばれる時点で、もはや委員会としての体《てい》を為《な》していないわけだが、おかげで民主的にことを進めようとしても、さっぱりうまくいかないんだ」

「そうなんですか……」

「それから、捜査方法についての不満は、君と同じく私も持っているんだよ」

「え？」

「古くさい方法やものの見方に固執し、犯人を取り逃すことも多いじゃないか。だいたい、君のように優秀な捜査員を、見す見す辞めさせるのもどうかしている。現在の警察組織や犯罪捜査は、まったくもってなっとらんのだ！」

怒りがこみ上げたか、鍋島がテーブルを拳でどんと叩く。沙樹は目を丸くした。

「ああ、これは失礼。つい取り乱してしまって」

「いえ……」

「ところで、君は今の生活に満足しているのかな？」

「と、おっしゃいますと？」

「さっき、君は無職ではなく、主婦だと答えた。つまり、何もしていないわけじゃない、家事をしっかりやって、家を守っていると言いたいのだろう」

「まあ、そうです」

「それで満足なのかね？」

問いかける男の目がきらりと光る。沙樹はしばし無言で彼を見つめ返した後、首を横に振った。

「いいえ」

「つまり、不満があるということだね？」

「ええ……在職中は意に沿わないことも、嫌なこともありましたけど、わたしは基本的に捜査が好きなんです。ひとりでも多くの悪人を捕らえたいですし、正義のために働きたいんです」

「うむ」

「だけど、今は昔を懐かしむぐらいしかできなくて……夫が家で、たまに捜査のことを話すんですけど、羨《うらや》ましくて仕方がないんです」

「なるほど」

我が意を得たりというふうに、鍋島がニヤリと笑う。

「だったら、私の下で働いてみないかね？」

「働くって、どこかの会社でですか？」

「とりあえず、この会社で雇うかたちにしようと思うのだが、普通の社員としてスカウトするわけじゃない。警察組織からはずれたところで、特別の任務に当たる捜査官、いや、刑事になってもらいたいんだ」

「え、刑事？」

思いもしなかったことを言われ、沙樹は啞然となった。

「もともと刑事なんて役職がないのは、君だって知っているだろう。何、単なる俗称だから、誰が名乗ってもかまうことはないんだ。君は本来の刑事に相応《ふさわ》しい役を担い、君にしかできない捜査をするんだよ」

「わたしにしかできない捜査、ですか？」

彼の意図するところは不明ながらも、警視庁時代に思い通りに活躍できなかった沙樹にとって、実に魅力的な誘いであった。

「そうだ。在職中は女性ということで、まともに取り合ってもらえないことも多かっただろう。しかし、私は君に、女性である特性を活かした捜査をしてもらいたいんだ。女性であり、妻である君にしかできない捜査をね。君なら、きっと素晴らしい刑事になれるはずだ」

鍋島が大真面目で言うことに、沙樹はいつしか引き込まれていた。それだけ熱意のこもった弁だったためもある。

「実は、私には娘が三人いる。それから、孫娘もいる。みんな私にとっては、かけがえのない存在だ。そして、この世の女性たちはすべて、誰かにとってのかけがえのない存在なんだよ。それこそ君だって、君の両親や旦那さんにとって、とても大切な存在のはずだ」

「ええ、たぶん」

「そういう女性たちを狙う不埒な輩《やから》が、世の中にはごまんといる。私は、私の娘や孫娘に、犯罪の被害者になってもらいたくない。女性を毒牙にかける卑劣なやつらを、のさばらせるわけにはいかんのだ。君だって、そういう思いがあったからこそ、警察官になったんだろう？」

「そうですね……」

「私が公安委員を引き受けたのも、同じ理由からだ。そのおかげで、今の警察に何が足りないのかがわかってきたし、これではいかんと思っている。一刻も早く、手を打たねばならんのだ」

鍋島が鼻息を荒くする。現状に対する危機感が彼を衝《つ》き動かしていることが伝わってきた。

「そこでだ、君には女性であることを活かした捜査をしてもらい、私の娘たちや孫娘をはじめ、世の女性たちを守ってもらいたい。いや、女性だけとは限らない。犯罪の被害に遭う人間を、ひとりでも多く救ってもらいたいのだ」

身内優先の私的な感情が、多分に含まれているようだ。けれど、それゆえに沙樹は好感を抱いた。正義だの犯罪撲滅だの、綺麗事ばかりを並べられるよりは、よっぽど説得力がある。

男社会の警察組織で一人前と見なされず、大いに不満だったのだ。ところが、鍋島は女性だからこそできることがあると言う。同じことを常々考えていたから、彼の意見には素直に共感できた。

「もちろん、ただ働きをさせるつもりはない。危険もあるだろうし、それに見合った報酬を出す。どうだね、やるかい？」

問いかけに、沙樹は即答した。

「やります」

「そうか」

満足げに頬を緩《ゆる》めた鍋島が、真っ直ぐこちらに指を差す。

「君は今日から、人妻刑事だ！」

——思い出し笑いをした沙樹に、鍋島が怪訝《けげん》な面持ちを向ける。

「どうかしたのかね？」

「いえ……人妻刑事っていうネーミングは、未だにどうなのかなって思うんですけど」

からかう口調に、彼は面白くなさそうに唇を歪めた。

「そうかね？　単純明快で、実にキャッチーだと思うのだが」

「まあ、そのあたりのセンスはともかくとして、おかげでひとつわかったことがあるんですけど」

「何かね？」

「わたしに人妻刑事なんて名前をつけたってことは、他にも鍋島さんがスカウトした捜査官——刑事がいるんですよね？　たぶん、人妻じゃないひとが」

鍋島は答えなかった。無言で沙樹を見つめる。

「あの会社——最初に招かれた『総合調査開発産業』というところは、捜査に関わる何かのため作られたんだと思うんです。わたしはそこからお給料をもらっていますけど、今のところ、他に事業らしきことをされている様子はありませんし。そもそも、わたしだけのために、あれだけのオフィスを借りる必要はないですからね。鍋島さんは確かに資産家ですけど、無駄なお金は使いませんから」

「それで？」

「だとすると、鍋島さんはあそこを拠点に、ゆくゆくは捜査機関を設立するつもりなのかなと思うんです。私設警察というか。もしかしたら、すでに出来上がっているのかもしれませんけど」

「うむ」

肯定とも否定ともつかない返事をし、彼は目を細めた。

「まあ、あの会社に関しては、今のところ海のものとも山のものともつかないとだけ言っておこう。君の前にも、いくつか試したことがあったのだが、すべてうまくいったわけではないからね」

曖昧《あいまい》な口振りが気になるものの、沙樹はそれ以上追及しなかった。

仮に、鍋島が他にも捜査官を雇っていたって、べつに驚かない。何しろ資産家であり、ＣＥＯを務める企業からの報酬も、年に何十億円単位で入ってくるらしい。ポケットマネーはたんまりあるようだし、現に沙樹も会社経由で、充分すぎる報酬をもらっている。

どんな刑事を雇うにしろ、私設警察を立ち上げるにしろ、それで世の中が平和になるのならいい。自分は自分にできる方法で、正義とひとびとの暮らしを守りたかった。

とは言え、捜査方法に関しては、思い描いていたものと少々違っていた。

人妻刑事になって以来、すでに十人近くの悪人を逮捕に導いた。だが、今回の痴漢のように、どうしてもからだを張ることになりがちだ。それも、女であることを利用して、敵を油断させることが多い。まあ、本当の警察官ではないため、通常の捜査ができないのだから当然と言える。

それに、可能なのは常人逮捕まで。あとは得られた証拠を鍋島のルートを使って所轄署に渡すか、メディアにリークして逮捕に結びつけるしかない。警視庁には知り合いが多いから、そちらにも自分がしていることを知られたくはなかった。今回の痴漢も、隣のS県警の管轄で逮捕されるよう仕向けたのである。

そのあたり、焦れったいのは確かながら、本当の警官ではないから囮捜査も潜入捜査も自由にできる。それから、盗聴や隠し撮りの類いも。

制約なく捜査できるのは、普通の主婦——人妻の強みとも言える。おかげで悪人たちも油断するから、容易に証拠を摑めるのだ。

警視庁時代にはなかなか為しえなかった正義の行使が、今は思い通りにできる。扱える犯罪が限定されてしまうのはともかく、沙樹は充実した日々を送っていた。

「ところで、次の案件だが」

鍋島がテーブルの下からファイルを取り出す。受け取って中を確認した沙樹は、眉をひそめた。

「……組織売春ですか」

「うむ。人妻専門のやつだ」

鍋島が苦虫を嚙《か》みつぶした顔を見せる。

「とにかく、組織として売春を助長していることが摑めないと、警察も手を出せない。ただの売春には罰則がないからな。向こうもそれがわかっているから、なかなか尻尾を出さないんだ」

「そうですか。わかりました。やってみます」

これは潜入するしかないだろう。またからだを張ることになりそうだなと思いつつ、沙樹はファイルをバッグにしまった。

「ところで、話は変わるが、捜査はコンビで動くのが鉄則じゃないかね？」

鍋島が唐突に話を切り出す。

「まあ、一般的にはそうですね」

沙樹がうなずくと、彼は身を乗り出した。

「難しい案件も出てきたし、そろそろ君にも相棒が必要じゃないかと思うのだが、どうだろう」

「そうですね。相応しいひとがいるのなら、ありがたいですけど」

「もちろん、君と同じく優秀な刑事――人妻だ」

鍋島が、テーブルの上にあったインターホンのボタンを押す。

「通しなさい」

おそらく秘書に告げたのであろう。ほとんど間を置かずに、ドアがノックされた。

「入りたまえ」

「失礼します」

部屋に入ってきた人物を振り返るなり、沙樹は眉根を寄せた。

花柄の清楚なワンピースにカーディガンを羽織ったのは、いかにもおっとりしていそうな女性だ。年は三十代の半ばぐらいではないか。ご近所にも好かれる、愛らしくて素敵な奥様という印象である。

沙樹も痴漢を捕まえるために、そういうタイプの女性を装った。しかしながら彼女の場合は、素《す》が見た目のままだと思われる。

(このひとが優秀?)

鍋島の言葉が、とても信じられない。かつては捜査一課に所属していたのであり、人間を見抜く目はあるつもりだった。

「こちらは千草真帆《ちぐさまほ》君。では、高宮君の横に坐りなさい」

「はい」

隣に腰掛けた真帆を、沙樹は横目で観察した。女性らしい包容力を感じさせる、むっちりボディも含めて。

(動きは機敏じゃなさそうね)

などと、いささか失礼な感想を抱きながら。

「千草君は、隣のS県警の生活安全部や刑事部で、少年犯罪や性犯罪を主に担当していたんだ。ええと、階級は巡査長だったかな?」

「はい、そうです」

笑顔でうなずいた真帆を、沙樹は内心で(フン)と小馬鹿にした。

(巡査長なんて、単なる名誉階級じゃない)

決められた期間の経験を積んだ者のうち、指導力のある者が選考を経て、巡査長に任命されるのである。だいたい、巡査部長のように昇任試験があるわけではなく、正式な階級ですらなかった。懲戒などがなければ、選考されずに勤続年数に応じて昇任されることもあるのだ。

どうせ相棒をあてがってくれるのなら、もっと頼りになる人間を選んでくれればいいのに。それが沙樹の偽《いつわ》らざる気持ちであった。

2

三十分後、ふたりは近くの喫茶店で向かい合っていた。

どちらも人妻だが、一方は黒のかっちりしたスーツをまとい、もう一方は奥様っぽいワンピース姿。端《はた》から見れば、ちぐはぐに映ったかもしれない。

鍋島の前では笑顔を見せた真帆であったが、沙樹とふたりになると、途端に緊張した面持ちになった。見た目ほどひとなつっこいわけではないらしい。あるいは、同性同士だから、かえって身構えてしまうのか。

(わたしが怖いわけじゃないわよね？)

相棒として不満を感じたのが、顔に出ていたのだろうか。

ただ、お互いをきちんと理解し合ったわけではない。話をすれば、捜査官として優れているところが見つかるのではないか。

「千草さんて何歳？」

訊ねると、真帆は姿勢を正して「三十三歳です」と答えた。

「あら、わたしとふたつしか違わないのね」

意外だったから、沙樹はちょっと驚いた。もう少し年が上かと思ったのだ。

おそらく淑《しと》やかさや、落ち着きのある物腰が、実年齢より上に感じさせたのだろう。

よく見れば、肌はツヤツヤで若々しい。

「それじゃあ、千草さんは――」

質問を続けようとすると、彼女が怖《お》ず怖ずと申し出る。

「あの……真帆って呼んでいただいてもいいですか？」

「え？」

「そのほうが、お友達っぽいですから。わたしも沙樹さんって呼びますので」

周囲の目を気にしてなのか、それとも本当に友人関係になりたいのか、沙樹は判断がつきかねた。まあ、どちらでもかまわないかと、年上を立てて従うことにする。

もっとも、自分のほうが人妻刑事としては先輩だという意識があって、ずっとタメ口のままであったが。

「真帆さんは、どうして警察官になったの？」

「えと、わたし、ミステリーが好きで、昔から捜査することに憧れていたんです。大学もミステリーサークルで、推理の才能があるから警察官になったらいいんじゃないって友達にも勧められたので、採用試験を受けました」

これに、沙樹はあきれた。

（え、そんな理由で⁉）

落ち着きのある大人の女性に見えるのだが、とんだミーハーである。また、大した根拠もなく将来の職業を勧める友人にも、大いに問題ありだ。

「真帆さんって、女子大出身でしょ」

「え、どうしてわかったんですか？」

「なんとなくね。それで、警察官になってどうだったの？」

「現実の捜査はミステリーと違って地味だったので、当てがはずれました」

「でしょうね」

相槌《あいづち》を打った沙樹に、今度は真帆が質問する。

「沙樹さんは、どうして警察官になったんですか？」

「決まってるじゃない。世の中の正義と平和を守るためよ」

「へえ、さすがですね」

感心した面持ちをされたのに、なぜだか馬鹿にされた気がした。こちらがタメ口なのに、敬語を使われるのにもちょっぴり苛々する。

「だけど、どうして辞めちゃったんですか？」

「まあ、警察に限ったことじゃないけど、男社会で女性が活躍しようとしても、なかなか難しいじゃない。不満が溜まってたから、結婚と同時に退職したの」

「ふうん」

「真帆さんは、そういう仕事上のストレスってなかったの？」

「わたしはべつに……そりゃ、日々犯罪に向き合うわけですから、大変なこともありましたけど、そのぶんやりがいはありました」

「犯罪に向き合うっていっても、殺人とかの凶悪犯罪の担当じゃなかったんでしょ？」

「ええ」

「だったら、そんなに苦労はなかったんじゃないの？」

「そんなことありませんっ！」

いきなり大きな声で反論され、沙樹はビクッと身を震わせた。

「そりゃ、犯罪そのものは、新聞にも載らない些細《ささい》なものばかりでしたけど、被害者や加害者と正面から向き合って、警察官として彼らが立ち直る助けにならなくちゃいけなかったんですよ。苦労がないなんてことはありませんでした！」

外見とは裏腹な迫力に気圧《けお》され、沙樹は「そ、そう……ごめんなさい」と謝った。

すると、

「あ、いいえ。わたしこそ」

真帆は居住まいを正し、コーヒーをひと口飲んだ。そして、何事もなかったかのようなすまし顔を見せる。

(おとなしそうに見えるけど、キレたらけっこう怖いのかも)

かえって見直したものの、ふと思い出して訊ねる。

「だけど、鍋島さんの話だと、あなたも結婚して仕事を辞めたんでしょ？」

「ええ」

「どうして？」

「主人に尽くすためです。疲れて帰ってきたら、美味《おい》しいご飯を食べさせてあげたいし、あれこれお世話もしたいじゃないですか」

やけに乙女《おとめ》チックなことを言われ、沙樹は面喰らった。

「えと、旦那さんとは、どこで知り合ったの？」

「高校の同級生なんです。ずっと付き合っていたわけじゃなくって、ひょんなことで再会したらけっこういい雰囲気になって、あとは結婚までとんとん拍子でした」

恥ずかしそうに頰を染めての告白。そんなことまで聞きたかったわけではなく、どうも調子が狂う。

「結婚して何年？」

「四年です」

そうすると、警察官としてのキャリアは、ふたりともほぼ同じようだ。

「S県警で働いていたってことは、今も住まいはS県なの？」

「いえ、東京です。主人の勤め先も東京なので」

「ああ、そうなんだ。だけど、どうして鍋島さんの私設捜査官の依頼を引き受けたの？　旦那さんに尽くすためにって、県警を辞めたのに」

「それは――」

打って変わって悲しげな顔になった年上の人妻に、沙樹は何かあったのかと心配になった。

「え、どうかしたの？」

「実は……主人は工務店で働いているんですけど、仕事中に大怪我をして、今は入院しているんです」

「ええっ⁉」

「幸い、命に別状はなかったんですが、退院まではだいぶかかるみたいで、リハビリもしなくちゃいけないんです。仕事中の事故なので、入院費用とかは会社の保険でまかなってもらえますけど、休職扱いで生活の補償もわずかだから、わたしが働かなくちゃいけないんです」

つまり、お金のためということだ。確かに気の毒だと思うものの、

（そんな理由でわたしとコンビを組むっていうの？　このひと、ちゃんと役に立つのかしら）

能力的な部分で不安を覚える。

県警時代の仕事ぶりに関しては、鍋島が太鼓判を押してくれた。しかし、そもそも自分たちの捜査は、通常の証拠集めや容疑者の取り調べとは異なるのだ。いかにも頼りなさそうな彼女に、しっかり務まるのだろうか。

とは言え、こうなったら四の五の言っていられない。

「真帆さんの事情はわかったけど、わたしたちの仕事は決して楽じゃないのよ。いざって場面でも助けは当てにできないし、自分たちだけで解決しなくちゃいけないんだからね」

「はい。わかってます」

真帆がきっぱりとうなずく。いちおう意欲はあるようだ。

ならばと、沙樹は例のファイルを取り出した。

「それじゃ、さっそくだけど、今回の任務の打ち合わせをするわよ」


捜査対象はアテンダント——接客などをする女性を派遣《はけん》する店であった。しかも、登録された女性たちはすべて人妻。

店のホームページで会員登録をすると、彼女たちの顔写真が見られるようになっていた。派遣の依頼はネットや電話の他、直接来店しての指名も可能とのことだ。

その日、店を訪れたところ、予想していた佇《たたず》まいとまったく違ったものだから、沙樹は目を丸くした。

（え、ここが——）

見た目は、少しも怪しいところがない。むしろ、ビルの一階にある店舗は、通りに面したガラス窓がショーウインドウのように大きい。午後の日射しが中を明るく照らしていたから、開放的な雰囲気があった。

内装もお洒落である。広い空間にテーブルや椅子、ソファが不規則にならべられたそこは店舗というより、ホテルのロビーかラウンジのよう。来客用なのか、飲み物を提供するカウンターまであった。

ガラス窓には「Ｄｏｎｎａ《ドンナ》　Ｓｐｏｓａｔａ《スポザータ》」という、何語かよくわからない店名が優美な書体でペイントしてあった。それもまた、いかにも高級な場所という印象を与える。

（こんなところが売春の巣窟なの？）

沙樹は心の内で眉をひそめた。信じられないというのではない。人通りが多く、目立つ構えのところで、堂々と違法なことをする神経が不愉快だったのだ。

今日は新規アテンダントの募集に応募し、面接に呼ばれて来たのである。普段よりは人妻っぽい、地味なカラーのスーツを着て。

面接の参加者は、他に四名。その中には真帆もいた。白いブラウスに花柄のスカートと、こちらは初対面のときとそう変わらぬ印象だ。

もちろん、互いに顔見知りであることは秘密である。時間もずらして訪れた。

今回の応募者以外にも、ラウンジ風の店舗内には、女性たちの姿がそこかしこにあった。来客か、あるいは派遣の指示を待っているのか。美しく着飾っているのと、左の薬指に指輪が嵌められているのは共通している。

(彼女たちがみんな、人妻アテンダントってわけか……)

選ばれただけあって、美人ぞろいである。女性の派遣に関してはかなりの人気店とのことであるが、うなずける話だ。

ただ、見るからに淑やかで、慎ましげな女性たちである。本当に売春などしているのであろうか。

店舗の片隅に並べられた椅子に腰掛けて待っていると、男性秘書を三名も従えた、経営者らしき女性が現れた。

年は四十路《よそじ》前後ではないか。メイクが濃く、派手な顔立ち。ブランド物のスーツをまとい、アクセサリーや腕時計も見るからに高級品だ。

(このひとが桂城《かつらぎ》美都子《みつこ》──)

鍋島に渡されたファイルにあった名前を思い出す。

彼女を目にするなり、フロアにいた女性たちがその場に立ちあがって一礼する。従業員の統率がきっちり取れていた。

「お待たせいたしました。わたくしが『Ｄｏｎｎａ　Ｓｐｏｓａｔａ』オーナーの桂城です」

上品な笑みを浮かべた彼女が、今回の応募者である人妻たちをざっと見渡す。沙樹と真帆は、横一列に並んだ五名の両端に坐っていた。

「右から二番目のあなた――」

美都子が指差したのは、沙樹の隣にいた女性だった。

「あ、はい」

「あなたはお帰りになってけっこうです」

「え？」

「今回はご縁がなかったということで」

ひと目で不合格と決定したらしい。ただ、美貌もスタイルも、他の四人と比べてどこが劣っているのか、さっぱりわからなかった。

(まあ、わたしには負けてるけど)

と、背負《しょ》ったことを考える沙樹である。

不満げな面持ちで席を立った彼女を見て、美都子が秘書のひとりに声をかける。

「黒田《くろだ》、交通費をお渡しして」

「かしこまりました」

黒田と呼ばれた黒服の男が、採用に洩《も》れた人妻を出口へ案内する。そのとき、交通費が入ったらしき封筒をさりげなく渡すのが見えた。

（いくらぐらい入っているのかしら？）

おそらく、理由もわからず不採用にされた不満を、ＳＮＳなどで拡散されることがないよう、相応の金額を包んでいるのではないか。これまで、この店に対する誹謗中傷が世に出たことはないそうだから。

「それでは、この『Ｄｏｎｎａ　Ｓｐｏｓａｔａ』について、わたくしのほうから説明をさせていただきます」

四人の前に置かれた、王座ふうの椅子に腰掛けて、美都子が話し出す。

「わたくしどもの店は、お客様の求めに応じて女性を派遣し、殿方《とのがた》の皆様にひとときの癒《い》やしを提供することを目的としています。派遣の場はさまざまで、お仕事の接待であるとか、デートのお相手であるとか、公私を問わず必要とされる、あらゆるところに伺っております」

そうすると、セックスの相手をする場合もあるのかしら。と、沙樹は品のないことを考えた。

「もちろん、メンバーの安全を考慮して、心身に危害が及ぶ可能性があるところへ派遣することはありません。サービスを提供することがわたくし共の仕事ではありますが、安心して働けなければ意味がありません。ですから、アテンダントとして採用になったあかつきには、なんら不安など感じることなく、お客様のところへ行っていただけたらと思います」

「あの、質問してもよろしいですか?」

手を挙げたのは真帆であった。

「はい、どうぞ」

「『Ｄｏｎｎａ Ｓｐｏｓａｔａ』というのは、どういう意味なんでしょうか?」

単純な質問に、美都子が頬を緩める。

「イタリア語で、既婚女性という意味です。その名前のとおり、わたくしどもはご主人やご家庭のある女性のみを採用しております」

「それは、どうしてなんですか?」

と、これも真帆。世間知らずな人妻を演出しているのか、それとも素なのか。沙樹には後者のように思えた。

「世の殿方は、癒やしを求めているからです。それを実現できるのは、落ち着きと包容力があり、男性の気持ちを理解できる大人の女性です」

美都子が優雅にほほ笑む。その代表が自分であると、アピールするみたいに。彼女の左手にも、薬指に結婚指輪があった。

「また、皆さんのように旦那さんがいらっしゃれば、派遣を依頼するお客様も、余計な下心を抱くことはありません。健全な経営を成り立たせるためにも、わたくしどもは人妻の皆さんを採用しているのです」

組織売春どころか、オーナー女性が口にしたポリシーは、それとは真逆のものだった。さらに、

「ただ、お客様によっては、皆さんの美しさに魅了され、よからぬ感情を持つことがあるかもしれません。そのときはきっぱりと断ってください。もしも、しつこく迫られた場合は、店に連絡を入れるなりして、毅然《きぜん》とした態度で対処していただくようお願いします」

と、よからぬことをせぬよう、釘まで刺したのである。

（これって、組織としてやっているわけじゃないっていう言い訳なのかしら？）

仮に売春をする者がいたとしても、個人が勝手にしたことであり、店ぐるみではな

いと言い逃れるための弁なのか。ともあれ、このままでは、組織売春として立件することは不可能だ。

(ていうか、ここまで注意されても、売春する人妻がいるってことなの?)

いたとしても、誘われたからつい魔が差してという程度ではないのか。この店が組織売春に携わっているというのは、鍋島の深読みではないかと思えてきた。

もっとも、これまで彼に依頼された案件に、誤りがあったことは一度もない。

「他に訊《き》いておきたいことはありますか?」

穏やかな微笑を湛《たた》えての問いかけに、四人は一様に首を横に振った。沙樹はもっと根掘り葉掘り質問したい気分であったが、まさか『売春を奨励していますか?』なんて訊くわけにもいかず、口を結んでいた。

すると、美都子がニッコリと白い歯をこぼす。

「それでは、皆さんにご異存がなければ採用したいのですが、もしもお心変わりをされた方がいらっしゃいましたら、遠慮なく申し出てください」

これに、真ん中に坐っていた人妻が、遠慮がちに「あの……」と手を挙げる。

「すみません。わたし、軽い気持ちで応募したんですけど、期待に応えられそうもないので、辞退させていただきます」

彼女は最初からオドオドした感じだった。高級ホテルのラウンジっぽい店舗の雰囲気に呑まれたのかもしれない。それから、女性オーナーの気品にも。

「わかりました。あなたはとてもチャーミングですし、お気持ちが変わりましたら、いつでもいらしてくださいね。黒田、この方にも交通費をお渡しして」

「かしこまりました」

辞退した人妻が事務所を出て、結局、今回の採用は三人となった。

「では、千葉真由美《ちばまゆみ》さん、月野《つきの》めぐみさん、高島沙織《たかしまさおり》さんの皆さんを、わたくしどもの仲間としてお迎えいたします。これからよろしくお願いしますね」

美都子がにこやかに告げ、三人が頭を下げる。千葉と高島は、それぞれ真帆と沙樹の偽名である。人妻刑事のふたりは無事採用、すなわち潜入成功となった。

もちろん、仲間であると敵に気づかれてはならないから、沙樹と真帆は他人行儀に目礼を交わしただけであった。

「ところで、さっそくなんですけど、このあと二名を派遣してほしいという依頼が来ているんです。あいにく他のメンバーは予約が入っていますし、仕事に慣れるためにも経験を積んでほしいのですが、皆さんのご都合はいかがですか？」

これに難色を示したのは、月野という人妻であった。

「すみません。今日はそこまで予定していなかったもので……子供の迎えもありますから無理です」

と、申し訳なさそうに辞退する。

「ええ、もちろんかまいません。では、千葉さんと高島さん、いかがですか？」

いきなりコンビに話を振られ、沙樹は戸惑った。向こうはふたりが売春捜査で潜入しているとは、もちろんわからないのであろうが。

「あの……そんなに遅くならないのなら、大丈夫ですけど」

真帆が遠慮がちに言う。せっかくのチャンスなんだから、もっときっちり承諾しなさいよと、沙樹は我知らず眉をひそめた。

「高島さんはいかがでしょう？」

「わたしは問題ありません」

沙樹は胸を張って答えた。組織の実態を暴くためにも、仕事内容や依頼者など、少しでも多くの情報を集めねばならない。

「では、おふたりにお願いしますね。お客様はご友人同士の男性おふたりで、ホテルの部屋で飲むのに、女性の接待を希望とのことです。難しくない仕事ですし、常連のお客様なので心配はありません。それに、初めてでも、ふたりなら心強いんじゃないかしら」

にこやかに告げた女性オーナーに、沙樹は頬を緩めてうなずいた。いずれ化けの皮を剝《は》がしてあげるわと、胸の内で挑発しながら。

だが、真帆はどこか不安げである。初めてで緊張しているという演技なのか、それとも何か気にかかることがあるのか、沙樹にはわからなかった。

3

「あの店、やっぱり妙ですよね」

指定されたホテルのロビーで待っているとき、真帆が周囲を窺《うかが》いながら口を開いた。

「え、妙って？」

沙樹は小声で訊き返した。

店舗を出たときも、それからホテルに着いてからも、ふたりは他人行儀に振る舞った。実は潜入捜査をしている相棒同士だとバレないために。

けれど、真帆はどうしても気になることがあるらしい。そっと話しかけてきた。

「店にいたアテンダントの女性たち、見ましたか？」

「ええ。なかなか綺麗なひとを揃えていたみたいだったけど」

「あのひとたち、同じところに雇われているんだから顔見知りのはずなのに、誰も言葉を交わしていなかったですよね」

言われて、なるほど、たしかにそうだったなと思い出す。

「それどころか、互いに目を合わせようともしていませんでした。何か後ろめたいことがあるんじゃないでしょうか」

「つまり、売春をしているってこと？」

「だとしても、鍋島さんに渡されたファイルにあったみたいに、組織の一員として納得ずくで行なっているのなら、ああはならないと思うんです。むしろ連帯感みたいなものが生まれて、仲良くなるんじゃないかなって」

真帆はしっかり観察していたようである。天然っぽくて頼りないのかと思えば、なかなかどうして鋭いではないか。

「そうすると、売春はしているかもしれないけれど、個人で勝手にやっていると真帆さんは思うわけね？」

「いえ、そうじゃありません」

「え？」

「あんな一等地に大きな店舗を構えるのは、ただ女性を派遣するだけでは不可能です。オーナーの身なりからして羽振りがよさそうですから、やっぱり売春の上がりを懐《ふところ》に入れているんじゃないでしょうか」

「そうすると、口ではいかがわしいことをしないように釘を刺しておきながら、実は売春を奨励しているってこと？」

「いくら奨励しても、個々が勝手にしたら意味はありません。女性たちも、お客にからだを売ったなんて、店には内緒にするはずです。そうすれば、売春の報酬をすべて自分のものにできますから」

「うーん、たしかにそうね……」

「だから、お客と店のあいだで事前に何らかの取り決めがされていて、女性たちはそれに従わなくちゃいけない状況に追い込まれていると見るべきです。それなら、売春のぶんも含めたすべての上がりは、店の収入になります」

そういうことかと、沙樹はうなずいた。あのオーナーはやたらと上品ぶっていたものの、実は人妻たちを何らかの方法で操《あやつ》っているというわけか。なかなかの食わせ者のようだ。

「てことは、お客と店のあいだでどんな約束がされているのかを調べないことには、敵を一網打尽にするのは難しいってことね」

「そうですね。ただ、今の話は、あくまでも推測に過ぎません。捜査令状を取るのは難しいと思います」

おまけに、自分たちは正式な警察官ではない。調べる権限などないのだ。

さて、どうしてやろうかしらと、沙樹は腕組みをして考え込んだ。すると、真帆がそわそわしだす。

「なあに、トイレなら行ってくれば？」

「いえ、違うんです。あの……まだ連絡は来ないんでしょうか？」

「ああ、そう言えば遅いわね」

ふたりは店から仕事用の携帯を渡されていた。ホテルのロビーで待っていれば、お客から連絡が入るので、指示に従うよう言われたのだ。また、相手の番号もわかっているので、こちらから連絡を取ることもできる。

「ちょっと訊いてみるわね」

沙樹はお客の番号にかけてみた。呼び出し音が二回ほど鳴って、相手が出る。

「あ、時任《ときとう》様でいらっしゃいますか？　わたくし、『Ｄｏｎｎａ Ｓｐｏｓａｔａ』より参りました、高島と申しますが」

『ああ、申し訳ありません。実は、友達が遅れていて、こっちの準備がまだなんです。到着したら連絡しますので、もうしばらく待っていただけますでしょうか』

「承知いたしました。それでは、ご用意が整い次第、お呼びくださいませ」

電話を切り、沙樹はやれやれとため息をついた。

「どうしたんですか？」

「まだ友達が来ていないんだって。まったく、呼びつけておきながら遅れるなんて。拘束された時間のぶんも、料金に上乗せしてもらわなくっちゃね」

「じゃあ、まだ部屋に行けないんですね」

真帆が困った顔を見せる。

「どうかしたの？　あ、そう言えば、そんなに遅くならないのならって言ってたけど、何が用事があるわけ？」

「はい……主人のところへ行かなくちゃいけないんです」

「え、旦那さんは入院してるんでしょ？　お世話することがあっても、看護師さんに任せればいいじゃない」

「そうはいかないんです。だって、わたしが行かないと、主人が寂しがるので」

真帆が頬を染めて俯《うつむ》く。夫に求められてというより、彼女自身が会いたくてしょうがないのではないか。

（まったく、こんなときに……）

寂しがるということは、世話をすることが目的ではなさそうだ。ひょっとして、単にいちゃつきたいからだとか。

（入院していると退屈だろうし、アッチも溜まっちゃって困るかもね）

看護師の目を盗み、夫の欲望を処理してあげるに違いない。手や口を使って、射精に導くのではないか、などと勝手に決めつける。

「ところで、沙樹さんのお宅は大丈夫なんですか？」

いきなり訊ねられ、沙樹は「え？」となった。

「帰りが遅くなったら、旦那さんが心配されるんじゃないですか？」

「ああ……ウチは大丈夫よ。旦那は一課の刑事だし、定時に帰るなんて稀《まれ》だもの。今も強盗殺人事件を追っているから、たぶん家には帰らないと思うわ」

「そうなんですか。あ、ひょっとして、刑事として活躍されている旦那さんが羨ましいから、人妻刑事を引き受けたんですか？」

「そ、そんなことないわよ」

それも理由のひとつであったのに、沙樹はかぶりを振って否定した。夫とラブラブらしき真帆には、夫婦で張り合うなんていうのは弱みを見せるようで、知られたくなかったのだ。

もちろん、人妻刑事のことは、夫に秘密にしている。

（わたしたちだって、けっこう仲がいいんだからね）

心の中で反論したものの、捜査で日々忙しい夫が、羨ましいのは事実である。

（そう言えば、最近ご無沙汰かも……）

夫がなかなか帰らないこともあって、夫婦の営みをしばらくしていないことに気がつく。だから、真帆が旦那さんにエッチなご奉仕をしているなんて、決めつけてしまったのか。

（って、これじゃ欲求不満みたいじゃない）

先日、痴漢を捕まえたときに、ちょっとだけ感じてしまったことも思い出す。秘部が濡れていたのは生理的なものだと痴漢に言い返したけれど、やっぱり欲求不満なのか。自己嫌悪が募った。

しかし、そんなことはないのだと、自らに言い聞かせるつもりで断言する。

「わたしは、ひとりでも多くの犯罪者を捕まえたいし、悪人たちに正義の鉄槌をお見舞いしたいの。そのためにこの仕事をしているのよ」

取り繕《つくろ》った答えに、真帆が「ふうん」と気の抜けた相槌を打った。丸っきり信じていないふうに。

「じゃあ、とりあえず三十分だけ待ちます。それでお呼びがかからなかったら、わたしはお先に失礼させていただきますね」

彼女が当然の権利だとばかりに予告する。

「ちょっと、捜査中なのよ」

「鍋島さんには、定時に帰宅していいと許可をいただいておりますので」

レジ打ちなどのパートの仕事と、同じつもりでいるらしい。それでも刑事かと、沙樹は地団駄《じだんだ》を踏みたい気分だった。

そして、連絡の来ないまま三十分経つと、真帆は本当に椅子から立ちあがった。

「ごめんなさい。この埋め合わせはちゃんとしますから。不安だったらお店に連絡して、もうひとり呼んでください」

小走りで立ち去る彼女の背中に、沙樹は「裏切り者ーッ」と声を放った。

(フン、いいわよ。わたしひとりでやってやろうじゃない)

初日から手がかりを摑んで、見返してやるのだ。憤慨して脚を高く組んだところで、店に与えられた携帯の呼び出し音が鳴った。

「はい、高島です」

『お待たせして申し訳ありませんでした。やっとふたり揃いましたので、部屋に来ていただけますでしょうか。一一〇八号室です』

「あの、大変申し訳ありませんが、実はひとりが急用で帰ってしまったんです。わたしだけになってしまうのですが」

『かまいません。こちらが悪いのですから、高島さんおひとりでけっこうです』

「そうですか。では、さっそく伺います」

電話を切って立ちあがった沙樹であったが、エレベーターホールに向かいながら首をひねった。

（やけに物わかりがいいわね……）

宴席に同伴する人妻を、ふたり依頼したわけである。なのに、ひとりでもかまわないとは、どういう了見なのだろう。

新たに呼んだら追加料金が発生すると思って、諦めたのか。だとしたらケチくさい男だなと、本人に会う前からお客を値踏みする。

ただ、他にも腑《ふ》に落ちないことがあった。

（ふたり揃ったってことは、あとからひとりが来たってことよね）

しかし、ロビーにいた沙樹は、それらしい男を目にしていない。四六時中エレベーターのほうを見張っていたわけではないものの、これでも捜査一課で活躍した元本職の刑事だ。そうそう見逃すことはないと思うのだが。

もっとも、真帆と話していたときに、そちらから目を離したかもしれない。

(そうよ。真帆さんがいけないんだわ)

責任を転嫁してエレベーターに乗り込み、沙樹は指示された部屋へ向かった。


ノックをすると、すぐにドアが開く。

「お待たせいたしました。『Ｄｏｎｎａ Ｓｐｏｓａｔａ』の高島沙織と申します」

偽名を名乗って恭《うやうや》しく頭を下げると、出迎えた男が相好をだらしなく崩した。

「いやあ、こんな綺麗なひとが来てくれるなんて感激です。さ、どうぞ」

「失礼いたします」

招き入れられたのはジュニアスイートというのか、ベッドルームとリビングが一緒になった、広々とした部屋である。ベッドはふたつともセミダブルサイズで、場所も駅に近い一等地だし、これだと一泊で十万円以上はするのではないか。

(ケチくさいってわけでもないのかしら……)

ふたりの男はサラリーマン風で、年は三十代の半ばというところ。どちらもスーツの上着を脱ぎ、ネクタイも弛《ゆる》めてリラックスした身なりをしていた。

テーブルの上にはルームサービスで頼んだのであろう、料理やワインが並んでいる。すでに始めていたふうでもあった。

（まさか、真帆さんが帰るのを待ってたわけじゃないわよね）

ひとり帰れば、アテンダントの料金が安くなると思って。いや、だったらそんな面倒なことをしなくても、最初からひとりを頼めばいい。

お金が足りないことがわかって、急遽《きゅうきょ》減らしたのか。だとしたらやっぱりケチくさいなと思いつつ、沙樹は勧められたところに腰掛けた。

テーブル脇のソファはL字型で、沙樹の位置は真ん中の角になったところだ。その両側にふたりの男——電話で話したのが時任、もうひとりは瀬良《せら》と名乗った——が坐り、挟まれるかたちになる。ひとりでふたりを相手にするのだから、これがベストポジションだろう。

「では、お注ぎしますね」

男たちのグラスに、沙樹はワインを注いだ。すると、左側にいる瀬良がボトルを奪い取り、

「沙織さんもどうぞ」

と、勧めてくれる。

「では、一杯だけ」

酔うわけにはいかないので、沙樹は遠慮がちに頂戴した。

「じゃあ、乾杯をしましょう」

時任が提案する。三人のグラスがふれあい、鈴のような軽やかな音を立てた。

「そう言えば、沙織さんは今日が初めての派遣だと、オーナーにお聞きしましたが」

時任に訊ねられ、沙樹は「ええ」とうなずいた。

「今日、面接を受けまして、採用になったばかりなんです。至らない点もあるかと思いますが、いろいろと教えてください」

「いやあ、僕たちが教えることなんてないですよ」

と、これは瀬良。

「そうですか？　おふたりは常連だと、オーナーに伺いましたけど」

「常連ってほどじゃないと思いますけど。僕たちは大学で同じゼミだったんですが、就職した会社が東京と大阪で離れてしまったんです」

「それで、たまに会うとこうして飲むんですけど、そのときに男ふたりだと味気ないので、アテンダントの派遣をお願いしてるんですよ」

ふたりの説明に、沙樹はなるほどと相槌を打った。

「大学を卒業して以来だと、もうかなりになるんじゃありませんか？」

「そうですね。十二年……いや、十三年か」

「お互い、老けるはずだよ」

笑顔を交わす友人同士は、やはり三十代半ばのようだ。独身らしいが、女性をお金で買うようには見えなかった。そもそも、一対二では人数が合わない。

（このひとたちは、売春とは無関係みたいね）

だが、店に関する情報は得られるはず。沙樹はそれとなく聞き出そうとした。

「アテンダントを派遣してもらうときには、いつも『Ｄｏｎｎａ　Ｓｐｏｓａｔａ』をご利用なさってるんですか？」

「ええ。やっぱり女性らしい落ち着きと、あとは包容力がある方と飲みたいものですから。沙織さんも人妻なんですよね？」

「そうです」

「夜のお店に行けば、若いだけの子はいくらでもいます。だけど、沙織さんたちのような淑やかな大人の女性は、なかなかいないんですよ」

「その通り。だからいつも『Ｄｏｎｎａ　Ｓｐｏｓａｔａ』に、アテンダントを依頼しているんです。あそこは必ず沙織さんのように、魅力たっぷりの女性を派遣してくれますから」

「僕たちは独身で、若い頃はそれなりに恋愛もしましたけど、この年になるとただ遊べればいいとはならなくて、癒やしがほしくなるんですよ。いい大人が恥ずかしいんですけど、女性に甘えたいみたいな」

「仕事でも責任を負わされる場面が増えて、ストレスも溜まっていますからね。沙織さんみたいな美人に優しくされたら、それだけで明日への活力が漲《みなぎ》るんです」

ふたりから口々に称賛され、沙樹はくすぐったかった。ただ、悪い気はしない。

（わたしのこと、ずいぶん気に入ったみたいね……）

それは熱っぽい眼差《まなざ》しからも明らかだ。このまま勤め続けたら、店のナンバーワンになれるかもしれない。

などと、つい任務を忘れそうになったものの、冷静にと自らに言い聞かせる。

「今日はわたしひとりになってしまったんですけど、いつもふたりのアテンダントを依頼しているんですか？」

「ええ、そうです。ただ、今日は飛行機が遅れたせいで、瀬良の到着が遅くなってしまったものですから」

「本当にすみませんでした。なるべく急いで来たんですけど。帰られたお連れの方には、僕が謝っていたと伝えてください」

なかなか誠実な男たちのようである。だが、何度も利用しているのなら、売春の噂ぐらい耳にしているかもしれない。

「あの、わたしは今日から働き出したので、まだお店について知らないことが多いんです。今後も長く勤めたいと考えていますので、教えていただきたいことがあるんですけど」

「ええ、いいですよ」

「僕たちでわかる範囲なら、何なりと」

「ありがとうございます。やっぱり不安なのは、こうしてお客様——その、男性のところへ伺うわけじゃないですか。そうすると、危険なことはないのかなって」

これに、時任と瀬良は顔を見合わせた。

「んー、まあ、女性だから不安を感じるのは当然だと思いますけど」

「少なくとも、アテンダントの方がお客に何かされたっていう話は、聞いたことがないですね」

「そうですか……」

「それに、僕たちも最初に派遣してもらう前に、けっこう身元調査をされましたよ。まあ、調査っていうと大袈裟ですけど」

「勤め先はどこだとか、年収はどのぐらいだとか聞かれたんです。お店のほうも、お客の選定に気を配っているようですよ」

そこまで調べて客を受け入れているとなると、売春を斡旋されるのは、その中でも一部の選ばれた者だけなのか。

（このふたりは、やっぱり違うみたいね）

真帆が帰っても気にしなかったし、あくまでも友人同士で飲むときに、女性がそばにいたら気分が盛りあがるぐらいの考えらしい。売春に関する情報は、持っていなさそうだ。

あまり露骨な質問をしたら、こちらが怪しまれる恐れがある。常連客とのことだから、何か探っているようだと、オーナーに密告されてもまずい。

質問はそのぐらいにして、沙樹はアテンダントの仕事に徹することにした。旧交をあたためるふたりの会話に相槌を打ち、ワインを注ぐなどする。

そうして一時間ぐらい経ったであろうか、バッグの中の携帯がバイブで着信を知らせる。振動のリズムで、店から与えられたものではなく、自分のものだとわかった。

「あ、すみません。お店から連絡が入ったようですので、ちょっとだけ失礼してもかまいませんか？」

「ええ、どうぞ」

「申し訳ありません。すぐ戻りますので」

バスルームに入り、急いでディスプレイを確認すると、真帆からであった。

「あら真帆さん。旦那さんはご満足の様子でしたかしら？」

開口一番、厭味《いやみ》を告げると、真帆が『え、満足って？』と訊き返す。

「旦那さんに、たっぷりサービスしてあげたんじゃないの？」

『な、何ですか、サービスって⁉　わたしはべつに――』

彼女は明らかにうろたえている。密かに想像したとおり、エッチなご奉仕をしてあげたのだと、沙樹は確信した。

「まあ、そんなことはどうでもいいけど、どうしたの？」

『あ――沙樹さん、今は部屋に入ってるんですよね？』

「そうよ。あなたが帰ってすぐぐらいに電話があったから」

『わたしが帰ったことについて、何か言ってましたか？』

「んー、べつに。遅れた自分たちが悪いから、ひとりでもかまわないって、さばさばしてたわ」

『やっぱり……』

真帆の意味ありげな相槌に、沙樹はドキッとした。

「え、何がやっぱりなの？」

『そのふたり、最初からわたしたちがどちらかひとりになるのを、待ってたんだと思います』

「どうして？」

『おそらく、ひとりなら自由にできると思って』

「自由にって——だ、だったら、最初からひとりを呼べばいいじゃない」

『それだと警戒されるじゃないですか。オーナーも言ってましたよね？　ふたりなら心強いだろうって』

「あ——」

思い出して、沙樹はそういうことかと理解した。

採用したばかりの新人にふたりで行くよう仕向けたのは、それなら承諾すると踏んでなのだ。また、人妻ゆえに、自由な時間は限られている。待たせればどちらかは帰るはずと想定していたに違いない。

現に、真帆は遅くならなければと、あらかじめ断ったのだ。

（つまり、採用したばかりのわたしたちを罠にかけるために、そんな手の込んだことをしたたっていうの？）

だとすれば、あの男たちはオーナーと共犯ということになる。

（ていうか、わたしをひとりにして、いったい何をするつもりなのよ）

企みがあるに違いないとわかっても、沙樹はまったく恐怖を感じなかった。

時任と瀬良は中肉中背で、腕っ節が強いとは思えない。一方、沙樹は元警察官であり、武道の心得もある。

警察学校時代には、同期の男たちを片っ端から投げ飛ばしたものだ。腕に自信があるからこそ、痴漢もひとりで捕まえられたのである。

（ふん。やれるものならやってごらんなさい。返り討ちにしてあげるわ）

鼻息を荒くする沙樹に、そうと知ってか知らずか、真帆が忠告する。

『とにかく注意してくださいね。ただ、敵の出方を窺ういい機会でもありますから、記録はしっかり取ってくださいね。ボイスレコーダー、持ってますよね？』

「もちろん――」

返答しかけたところで、いきなりバスルームのドアが開く。顔を覗かせたのは、時任であった。

「あ、ごめん。遅いから、ちょっと心配になって」

弁解した彼に、沙樹は携帯を耳に当てたまま《大丈夫です》と目配せした。

「そういうことですので、こちらは問題ありません。終わりましたら連絡を入れます。はい……はい。失礼いたします」

店からかかってきたふうに装ってから、電話を切る。真帆が『え、どうしたんですか？』と訊ねるのを無視して。

「すみませんでした、電話中に」

時任が改めて謝罪する。

「いいえ。やっぱり新人なので、お店のほうも心配なようです。あれこれ注意を受けていたものですから、時間がかかってしまいまして」

「そうでしたか。じゃあ、戻りますか？」

「あの、その前にちょっと用足しを……」

腰をモジモジさせると、彼がうろたえる。

「あ、すみません」

ドアが閉まると、沙樹は急いでロックし、便器の水を流した。その音に紛《まぎ》れさせ、バッグの中のボイスレコーダーを録音状態にする。

（さあ、いつでもかかってらっしゃい）

人妻刑事としての闘志を燃やし、身だしなみを整えてからバスルームを出た。

4

「すみません、お待たせいたしました」

宴席に戻ると、時任と瀬良はそれぞれの場所にいた。

「いえ、こちらこそすいませんでした。急《せ》かすような真似をして」

「まったく、時任は昔からデリカシーに欠けるところがあるんですよ」

「それを言うなって」

「女性だから、あれこれ時間がかかるのは当然だろ」

「いや、わかってるけどさ」

友人同士のたわいもないやりとりに、沙樹は表面上は笑顔を見せつつ、胸の内では目いっぱい警戒していた。

（さて、これからどうするつもりなのかしら？）

再びふたりのあいだに腰を落ち着けると、時任がワインを注ぐ。

「ささ、駆けつけ三杯」

「あら、そんなには飲めませんよ」

などと言いながら、沙樹はグラスに口をつけ、コクコクと喉を鳴らした。闘志を燃やしたことで、喉が渇いたのだ。

「そう言えば、瀬良さんは医薬品のメーカーにお勤めだというお話でしたが、どんなお薬を開発されてるんですか？」

これまでは聞き役に徹していたのに、自分から質問をぶつけたのは、ふたりのことを探ろうと考えたからだ。

「いや、僕は開発には携わっていないんですよ。臨床部門の担当で、開発された薬にどれほどの効果があるのか、副作用の心配はないのかを調べるんです」

「そうなんですか。でも、それにしたところで、開発に匹敵するご苦労があるんじゃないですか？」

「まあ、そうですね。試験の結果によっては、こんなものは使えないと開発部に突っ返すこともあって、けっこう嫌がられるんですけど。ただ、結果が伴わないことには、薬として認められませんからね」

殊勝な心がけであるが、言葉どおりの人間だという保証はない。むしろ、こちらを油断させるために、いい子ちゃんぶっているのではないか。

「ところで、最近はどんなお薬の臨床試験をされているんですか？」

「んー、筋弛緩剤《きんしかんざい》ですかね」

「え？」

いきなり物騒な薬物を口にされ、沙樹はギョッとした。犯罪で使用された事例がある他、アメリカでは死刑のときに使われるとも聞いていたからだ。

すると、引いたのがわかったらしく、瀬良が朗《ほが》らかに笑う。

「まあ、一般のひとはそういう反応ですよね。だけど、外科手術でも使われますし、苦痛を和《やわ》らげるなどの、大切な役割を果たす薬なんですよ。もちろん、毒物でもありますから、取り扱いには充分に注意する必要がありますが」

「はあ……」

「実は、我が社で画期的な筋弛緩剤を開発しているんです。生命に危険が及ばないのはもちろん、副作用もないんです。さらに経口摂取、つまり、普通の薬のように飲むだけで効果があるんです」

やけに熱っぽく語り出した瀬良に、沙樹は戸惑った。開発部でもないのに、その筋弛緩剤に思い入れがあるというのか。

「その筋弛緩剤は、飲んでも筋肉が弛緩して自由に動けなくなるだけで、他の影響はまったくありません。触感を含めた五感はそのままで、頭もちゃんと働きます。しゃべることにも支障はありませんし、飲食も問題なしです」

「そんなもの、何の役に立つんですか？　ただ犯罪を助長するだけのような気がするんですけど」

それこそレイプドラッグとして使われたら大変だ。まったく抵抗できなくなる。おまけに、意識ははっきりしているから、犯された記憶はしっかり残るのだ。女性にとっては、まさに毒薬でしかない。

「基本的には、暴力傾向のある患者をおとなしくさせるための薬なんです。まあ、たしかに犯罪にも使用できるでしょうね。何しろ無味無臭で、飲まされてもまったく気がつかない上に、即効性もあるんですから」

「だったら、尚さら——」

「現に、沙織さんもまったく気がついていないようですし」

「え？」

瀬良の視線が下へ降りる。つられてそちらを見た沙樹は、「あっ！」と驚いた。手に持っていたはずのワイングラスが、いつの間にか床のカーペットの上に転がっていたのである。

（それじゃ、わたしにその薬を飲ませたの？）

現に、からだに力が入らない。だらりと垂れさがった両腕も動かなかった。上半身はソファの背もたれで、かろうじて起きた状態を保っていた。

（しまった。さっきのワインに――）

瀬良の話した筋弛緩剤を盛られたのだと、ようやく理解する。

「あ、あなたたち、何をするつもりなの⁉」

沙樹は精一杯の威厳を保って声を上げた。なるほど、喋《しゃべ》ることに支障はない。しかし、彼らにはまったく響かなかった。

「もちろん、ナニをするんですよ」

と、瀬良に品のない答えを返される。唇を思わせぶりに舐《な》める舌が、やけに赤かった。

「おい、こんなものを持っていやがったぜ」

沙樹のバッグを勝手に漁った時任が、スティックタイプのボイスレコーダーを取り出す。瀬良が不愉快そうに眉をひそめた。

「やけに用意がいいな。ひょっとして刑事か？」

「んー、身分証はないみたいだが」

「まあ、そんなものを持ってノコノコやってくるはずがないさ。それに、おれたちがやっているようなことに、警察がわざわざ捜査員を潜入させることはないだろう。探偵か、三流マスコミの記者かもな」

瀬良は沙樹の左手首を摑むと、持ちあげて薬指のリングを観察した。指から外し、内側も確認する。

「指輪は本物みたいだ。結婚して二年ってところか。人妻なのは間違いないな」

「だったら、ますます警察の線はないな。さすがに夫がいる女を、こんなところに送り込まないだろうし」

「ああ。とにかく、証拠がなくちゃ何もできないさ。おい、それ」

「わかってる」

時任はボイスレコーダーをへし折ると、ワイングラスの中に浸した。赤いダイオードの光が、たちまち消える。

「さて、これで証拠はなくなった」

悪辣《あくらつ》な笑みを浮かべた瀬良を、沙樹は睨みつけた。

筋弛緩剤を使うとは、実際に製薬会社に勤めているのかもしれない。一方、猫をかぶっていたのは明らかだ。言葉遣いも口調も変わり、人間性は明らかにクソである。

「フン、証拠なんかなくても、わたしがあんたたちの悪行を洗いざらいぶちまけてあげるわよ」

「はて、悪行？　おれたち、まだ何もしてないよなあ」

「そうそう。すべてはこれからだよ」

瀬良が得意げな笑みをこぼし、目配せをする。いつの間に準備していたのか、時任がソファの後ろから何かを取り出した。ビデオカメラだ。

「これから面白いものを撮影してやるよ。ここであったことを、誰にも言えなくなるやつをな」

時任がフフンとせせら笑う。何を撮るつもりなのか、訊かずとも容易に理解できる下品な顔つきであった。

沙樹はすべてを察した。

「それじゃ、他の人妻たちも同じ手で陵辱して言うことを聞かせて、売春を強要していたのね！」

ふたりは一瞬怯んだ様子であった。ところが、その発言が沙樹の命取りになる。

「こいつ、そんなことまで探ってやがったのか」

瀬良が憎々しげに言い、沙樹は（しまった）と悔やんだ。組織売春のことまで調べられていたとは、彼らは思っていなかったようだ。

「桂城さんに、不穏な動きがあるから注意しろって言われたときには、まさかと思ったんだが、そこまで調べていたとはな。おい、どこまで摑んでるんだ！」

「さあね」

しらばっくれた沙樹に、瀬良は「チッ」と舌打ちをした。

「まあ、薬を盛られても気がつかねえ間抜けだし、大した情報は持っちゃいないだろう。それにお前、さっき店から電話があったフリをしてたけど、お前がバスルームにいるあいだに、おれたちも店に連絡を入れてたんだよ。お前が怪しい動きをしているのは、丸わかりだったってことさ」

迂闊《うかつ》だったと、沙樹は下唇を嚙んだ。

「じゃあ、あの店の人妻はみんな、あなたたちふたりが今みたいな手で言いなりにさせたのね」

「みんなじゃないさ。まあ、半分ぐらいかな」

時任がカメラを構えて言う。続いて、瀬良も打ち明けた。

「わざわざこんな面倒なことをしなくても、手っ取り早く言うことを聞かせるのは簡単さ。店には男のスタッフもいるし、おれが使ったのとは違うクスリで病みつきにさせて、従わせることもできるからな」

あの店は売春だけでなく、違法薬物も扱っているようだ。そこまでペラペラと喋るのは、ボイスレコーダーを破壊した安心感からだろう。

それから、沙樹が言いなりになる自信があるということだ。

「おれたちが担当するのは上玉で、一筋縄でいきそうにない人妻たちなんだ。つまり、お前も選ばれたってことさ」

「よかったな。それだけ商品価値があると認めてもらえて」

沙樹が潜入捜査官だとわかった上で、罠にかけたわけではないらしい。ただ、怪しい動きがあると警戒していたのは間違いなく、そこに自ら飛び込んでしまったのだ。

「とにかく、お前も他の人妻たちと同じ道を歩むのさ。これからは命じられるまま、男たちに抱かれることになるんだよ」

「そう簡単に、思い通りになってたまるもんですか」

「強がれるのはここまでさ」

瀬良が沙樹のジャケットのボタンをはずす。下に着ていたブラウスは、面倒だとばかりに両手で無理やり引き裂いた。ボタンがはじけ飛び、水色のブラジャーと白い肌があらわになる。

「く──」

沙樹は奥歯を嚙み締めた。悲鳴をあげるものかと堪えたのだ。

「ビデオ、撮ってるか？」

「ああ、バッチリ」

「それじゃあ、おっぱいを拝ませてもらおう」

カップのあいだを摑まれ、ブラジャーも強引にたくし上げられる。Dカップの乳房が、ぷるんとはずんであらわになった。

「へえ、いい乳じゃねえか」

瀬良が下卑《げび》た感想を口にする。

大きさはそれほどではないものの、整ったドーム型のふくらみは、張りと柔らかさを両立させている。沙樹の自慢でもあった。

しかしながら、こんな野獣どもに見せるために、プロポーションを維持してきたわけではない。

「乳首もいい色だし、子供はまだ産んでないんだな」

瀬良が頂上の突起に指を差しのべ、軽くはじく。その瞬間、電撃にも匹敵する快美が生じた。

「ひッ！」

沙樹はたまらず声を洩らした。

「ふふ、感じたな」

「か、感じてなんか――」

否定しようとしたものの、呼吸がどうしようもなく乱れる。ちょっとした刺激だったのに、やけにあとを引いた。

「いいことを教えてやろう。お前が飲んだ筋弛緩剤には、実は副作用があるんだ。筋肉が動かなくなるぶん感覚が研ぎ澄まされるのか、やたらと敏感になるんだよ。特に皮膚感覚がな」

瀬良が両方の乳頭を摘まむ。クリクリと転がされ、沙樹は身悶えた。

もっとも、それは自分でそうしたと思っただけ。実際のところ、からだはピクリとも動かなかった。

「ああ、あ、くうううう」

艶を含んだ声が、唇からこぼれる。息づかいが荒くなり、頭がボーッとしてきた。

(ウソ……どうしてこんなに感じるの？)

人妻たちを弄んできた極悪人に愛撫され、嫌悪感しかないというのに。残念ながら肉体は、というより性感は、本人の意志など無視して高まっていた。

(どうなってるのよ、わたしのからだは⁉)

もしかしたら、本当に欲求不満なのだろうか。電車で痴漢にさわられたときにも、ほんのちょっぴりだが感じてしまったのだ。やはり夫婦生活が決定的に不足しているのかもしれない。

(もう……あなたがもっと愛してくれてたら、こんなことにならなかったのに)

胸の内で夫に当たっても、声など届くはずがない。執拗に乳首を転がされ、喘ぎ声を抑えるので精一杯だ。

じゅわり――。

熱いものがからだの中心を伝う感覚があり、沙樹は焦った。早くも淫靡《いんび》な蜜が滲み出たというのか。

(わたし、濡れてるの？)

もしもそれがバレたら、男たちに嘲《ちょう》笑《しょう》されるのは確実だ。

どうしようもない状況に置かれ、瞼《まぶた》の裏が熱くなる。しかし、泣いたらますます図に乗られると、沙樹は懸命に涙を堪えた。

ところが、事態はいっそう望まぬ方向へ進む。

「おれの顔は映らないようにしろよ」

「わかってる」

そんなやりとりがあったあと、いよいよスカートを奪われる。

下肢を包むベージュのパンストに透けるのは、上とお揃いの水色のパンティだ。そちらもブラジャーと同じように、無造作に脱がされるのだろうか。

(破ったら許さないからね)

何しろ、おろしたてなのである。こんなことになるんだったら、普段穿きのベージュのやつにしたのに。面接だからと気を張って、要らぬところにまでこだわったのを、沙樹は目いっぱい後悔した。

「まったく、エロいカラダだぜ」

「ああ」

ふたりの男がナマ唾《つば》を呑む。

女らしく成熟した下半身は、ナイロン越しに人妻の色香をぷんぷんと振り撒《ま》く。豊かな腰回りも、むっちりした太腿《ふともも》も、男をその気にさせるのに充分すぎる魅力があると、沙樹は自負していた。だからこそ、先日の痴漢も手を出してきたのだ。

しかし、罠としては最高の肉体も、ひとたび敵の手に落ちてしまえば、単なる餌に過ぎない。

(うう、今に見てなさいよ)

その『今』は、果たしていつになるのだろう。

「邪魔っけだな」

瀬良がパンストに手をかけ、乱暴に引き剝がす。そっちもおろしたてなのに、伝線したらどうするのかと、沙樹は憤慨した。

そんなことを心配している場合ではないと、もちろんわかっている。だが、何でもいいから気を張っていないと、絶望に苛《さいな》まれてしまいそうだったのだ。

「ンふッ!」

喘ぎの固まりが喉から飛び出す。無骨な指が、クロッチ越しに秘部をこすったのである。

「なんだ、もう湿ってるぜ」

瀬良が言い、沙樹の両脚をM字に開かせる。さらされた股間に、ビデオカメラのレンズが迫った。

「おお、本当だ。染みもあるぞ」

「しっかりアップで撮っておけよ。淫乱な人妻の濡れ濡れパンティだ」

「うう……」

やはり愛液がこぼれていたのだ。沙樹は羞恥にまみれ、鼻をすすった。顔を背けたかったが、首は自由にならなかった。

「それじゃ、旨《うま》そうなカラダをご馳走になるとするか。ベッドに運ぼうぜ」

「了解」

ビデオカメラが脇に置かれる。終わったのではない。いよいよ本格的な辱めが始まるのだ。

第二章　窮地

1

男たちからふたりがかりで運ばれ、沙樹はベッドに寝かされた。ジャケットにブラウス、ブラジャーも奪われ、パンティ一枚の裸同然に剝《む》かれて。

「いい女だなあ、こいつ。これまでの人妻の中で、一番いいカラダをしてるんじゃないか？」

熟れたセミヌードをビデオカメラで舐めるように撮影しながら、時任自身も舌なめずりをする。

「おれはもうひとりのほうでもよかったんだけどな。あっちのほうが肉々しくて、抱き心地がよさそうだったし」

瀬良が勝手な批評をする。やはりふたりがロビーでいたところを、どこからか見張っていたのだ。大阪から来たなんて、嘘っぱちなのである。

（ていうか、こんな薬を使うのなら、ふたり同時に狙えばいいじゃない）

それをしなかったのは、慎重を期したということなのだろう。

ふたりだと薬が同時に効くとは限らないし、どちらかに抵抗されたら面倒な事態に陥る。確実に仕留めるために、ひとりに絞ったのではないか。

おかげで沙樹は、自分の力でこの場を切り抜けねばならない。だが、からだにまったく力が入らないのに、どうすればいいのか。

（そんなの、無理に決まってるじゃないの）

命まで取られることはなさそうでも、犯されるのは必至だ。その様子を撮影され、脅迫されるのである。逆らったらネットに流出させるなどと、ありきたりのことを言われて。

そんな脅しに屈することなく、薬を盛られてレイプされたと訴えることは可能である。しかし、夫の顔を思い浮かべると、そうもいかない。

（わたしが犯されてるところなんか、絶対に見られたくない！）

それは他の人妻たちも同じことで、だから売春までするのだろう。

こんなことになるのなら、家で大人しく家事でもしていればよかったのか。鍋島の口車に乗ったばかりに、こんな屈辱的な目に遭うなんて。

「あふンッ」

不意を衝かれ、沙樹は声を洩らした。瀬良がまたも、クロッチ越しに秘苑をいじったのである。

「気持ちいいんだろ？」

侮蔑《ぶべつ》の笑みを向けられ、目に涙が溜まる。

からだが動かなくなるのなら、いっそ感覚も麻痺してくれればいいのにと思う。ところが、彼が言ったとおり、いつも以上に敏感になっているようだ。

「もうグショグショみたいだな。だいたい、ああいう店の募集に応募してくるような人妻は、みんな欲求不満の淫乱なんだよ。これまでおれたちがヤッた連中も、薬を使う必要もないぐらいに濡れてたし、チンポを突っ込まれたら、ヒイヒイよがってたからな」

偏見でしかない決めつけに、胸が痛む。これまで何人の女性が、こいつらに陵辱されたのだろう。

さらに脅迫され、売春まで強要されるなんて。まさに地獄だ。

「こいつも、べつにおれたちのことを調べに来たわけじゃなくて、突っ込まれたくてわざわざ来たんじゃないのか？」

時任が言い、瀬良が「そうかもな」と返す。

「こんなエロいカラダをしてやがるんだ。旦那だけじゃ満足できないんだろう」

「そんなことないわよッ！」

つい言い返してしまうと、男たちが満足げな笑みを浮かべた。

「いいねえ。この期《ご》に及んで生意気な口をきけるとは、見あげた女だ」

「犯し甲斐があるってものだな」

反抗的な態度が、かえって彼らの嗜虐心を煽《あお》ったらしい。まずいことになったと、沙樹は唇を引き結んだ。

「それじゃ、いよいよマンコのご開帳といくか」

からだにまったく力が入らず、手足をのばして寝そべっていたのだ。抗うこともできずに、パンティを脱がされてしまう。

さらに、脚を大きく開かされた。

「うう……」

恥ずかしい部分をあらわにされ、自然と嗚《お》咽《えつ》がこぼれる。それが野獣たちの欲望を、ますます煽るとわかっていても。

「へえ、乳首と同じで、こっちもけっこう綺麗じゃねえか」

瀬良がその部分をしげしげと眺めて言う。

「やっぱり、旦那が抱いてくれねえんだな。だからマンコも綺麗なままなんだろ」

またも勝手な決めつけをしたのは時任だ。とは言え、夫婦生活が頻繁でないのは確かである。秘苑の色を褒められるのは、むしろ悔しい。

「ほら、わかるか」

いきなり目の前に差し出されたのは、水色の薄布——穿いていたパンティだ。しかも裏返して、恥部に密着していたところを見せつけられる。

「こんなに濡れてるんだぜ、お前のマンコは」

おろしたてのはずが、クロッチの裏地は一部が黄ばみ、さらに透明な粘液をべっとりと付着させている。糊《のり》が乾いたような痕跡も認められた。

「そんなもの見せないでっ」

顔を背けられないので、沙樹は瞼を閉じた。

「こんなにパンツを汚して、何を偉そうに言ってやがる。どれ、匂いはどうかな?」

瀬良が股間に顔を伏せたものだから、沙樹は「イヤッ」と悲鳴をあげた。しかし、彼はクンクンと大袈裟に鼻を鳴らす。

（ああ、そんな……）

身をよじりたいほど恥ずかしい。洗っていない性器の生々しいパフュームを、悪党に知られてしまったのだ。

濡れたパンティを目の前にかざされたときに、沙樹は自身の甘酸っぱい秘臭を嗅いだ。それよりももっとあからさまなものを暴かれて、平気なわけがない。

警視庁時代は男の同僚たちと張り合っていたし、鍋島のところで人妻刑事になってからも、悪人たちに敢然と立ち向かってきた。鍋島には女性や妻であることを活かした捜査を求められたけれど、沙樹は自らの性を捜査に利用こそすれ、女であると常に意識していたわけではない。

ところが、こういう状況に置かれたことで、自分はやっぱり女なのだと思い知らされる。嫌というほど羞恥を与えられ、心が折れそうであった。

「スケベな匂いだぜ、このマンコは」

聞きたくなくても、辱めの言葉が耳に入る。いっそ意識を失えたら、どんなに楽であろう。

「じゃあ、マンコをアップで撮影してやってくれ。割れ目を開いて、奥の方までバッチリとな」

「まかせとけ」

「おれはこいつに奉仕してもらうから」

瀬良が頭のほうに移動してくる。横目で窺うと、ズボンを脱ぐのが目に入った。

(ああ、いよいよ)

犯されるのかと怖気《おじけ》に震えたとき、ベッドに上がった彼が膝立ちで胸を跨いでくる。

そのとき、ズボンばかりか下着も脱いだのだとわかった。

「あ――」

急いで目を閉じたものの、上向きに反り返った男根が網膜に焼きつく。

久しぶりに見たそれは禍々《まがまが》しく、まさに肉の槍であった。下から見あげたものだから、いっそう凶悪なものに映ったようだ。

「ふはっ」

沙樹は反射的に口を開けた。鼻を摘まれたのだ。

「歯を立てたら殺すぞ」

ドスの利いた脅しに続いて、何かが唇の狭間《はざま》に割り込んでくる。饐《す》えた匂いが、喉の奥から鼻へ抜けた。

(クソッ、こいつ――)

ペニスを突っ込まれたのだと、すぐに理解する。噛み千切《ちぎ》りたい衝動に駆られたものの、かろうじて思いとどまった。そんなことをしても怒りを買って、暴力で返り討ちにされるだけだ。

「ほら、しゃぶれ」

言われて、からだと同じく舌も動かないフリを装うとしたが、無駄であった。

「舌は動くから大丈夫だろ？　そうでなかったら、喋れないからな」

敵はちゃんとわかっているのだ。

(まったく、どこの製薬会社が、こんなひどい筋弛緩剤を作ったのよ⁉)

などと、文句をつけたところで無駄である。

そもそもが、暴れる患者をおとなしくさせることを目的とする筋弛緩剤のようだ。喋れなくなったら意思の疎通ができなくなる。また、舌や口が動かなくなって、食事が摂《と》れなくなっても困るだろう。

もっとも、本当にそこまで人道に配慮して開発されたのか、甚《はなは》だ疑問であった。なぜなら、その薬によって、沙樹は男に都合のよいダッチワイフに成り果てているのだから。

「ほら、舐めろよ」

仕方なく、ゴツゴツしたものに舌を絡みつける。ほんのりしょっぱい味が口内に広がり、嘔吐《えず》きそうになった。

「うう……」

筋張った舌ざわりも気持ち悪く、とうとう涙がこぼれる。

フェラチオは、もちろん初めてではない。これが夫のものなら、嬉々として味わうところだ。

けれど、好きでもない男のモノなど、不愉快なだけである。手が動くのなら、急所を握りつぶしてやりたい。

「もっと舌を動かせよ」

欲望本位に振る舞う瀬良が、分身を抜き挿《さ》しする。沙樹は懸命に舌でガードした。そうしないと、喉の奥まで突っ込まれそうだったのだ。

おかげで、下半身のほうを気にする余裕などない。時任が恥割れを指で開き、本当に奥まで撮影しているらしかったが。

「よし、その調子だ……ああ、気持ちいいぞ」

男の荒ぶる息づかいが、耳に遠い。

これが夫のペニスだったら、もっと熱心に舌を絡めてあげるのに。仮に爆発しても、青くさい体液をすべて飲み干すつもりだ。事実、過去にも何度かそうしたのだから。

しかし、こんなクソ男のモノは、口に入れるだけでも穢らわしい。尖端からヌルヌルしたものが滲み出ており、それにも鳩尾《みぞおち》から酸っぱいものがこみ上げた。

（いい加減にしなさいよ、もう）

こんな責め苦がいつまで続くのか。舌の根が痛くなってようやく、瀬良が肉根を引き抜いた。

「ぷはッ」

沙樹はそれに合わせて太い息と、粘っこい涎《よだれ》も吐き出した。

顔が上を向いたままだったので、口の横から首のほうまで、温かなものが伝う。それでも、飲むよりはずっとマシだ。男の味やカウパー腺液の混じった唾液など、からだの中に入れたくなかった。

「チッ、汚えなあ」

瀬良が不快そうに眉をひそめる。汚いのはそっちだと、沙樹は胸の内で毒づいた。

「それじゃ、今度はマンコにぶち込んでやるか」

口を犯した男が上から離れ、ベッドから降りる。ズボンを拾いあげ、ポケットから取り出したのは、コンドームの包みであった。

やっていることは最低最悪でも、いちおう紳士的に避妊をしてくれるようだ。それとも、妊娠させたら売春婦として働かせられなくなるからなのか。

ところが、そうではなかった。

「近ごろの人妻は、あちこちでやりまくっているからな。妙な病気をもらわないためにも、予防が必要なんだよ」

侮辱の言葉を口にして、ゴム製品を装着する。娼婦かヤリマンのごとき扱いに、沙樹ははらわたが煮えくりかえる思いだった。

(どうしてわたしが、こんなやつにここまで言われなくちゃいけないのよ!?)

悔しくてたまらない。

瀬良が下半身に移動し、両脚をM字のかたちに曲げられる。いよいよ結合という場面になり、悔しがるどころではなくなった。

(わたし、とうとうヤラれちゃうんだ)

絶望に苛まれ、全身が痺れたようになる。何も感じまいと、肉体があらゆる神経を遮断しようとしているようだ。一種の自己防衛か。

それでも、陵辱されることに変わりはない。

(あなた、ごめんなさい)

心の中で夫に謝ったとき、秘割れに肉槍の切っ先があてがわれた。

「安心しろ。カラダは動かなくても、チンポを挿《い》れられたらちゃんと感じるからな」

瀬良が愉快そうに告げる。

「あと、こいつが終わったら、おれもヤってやるからな」

カメラを構えた時任が、待ち切れなさそうに鼻息を荒くする。ズボンの股間が、早くも大きく盛りあがっていた。

つまり、辱めは延々と続くのだ。

「よし、挿れてやる」

悪辣な笑みを浮かべた瀬良が、からだごと前のめりになる。熱い固まりが、女芯をこじ開けて侵入してきた。

「ああッ」

ゴムをまとったペニスに貫かれ、沙樹が悲愴な声をあげたとき、
コンコン――、
部屋のドアがノックされる。かなり大きな音が響いた。

「え、誰だ？」

瀬良が挿入したまま身を強ばらせる。時任もビデオカメラを顔の前から外した。

すると、再びノックの音。

「ルームサービスです」

ドアの外から、女性の声がした。

「おい、追加か何か頼んだか？」

「いや、おれは知らないぞ」

瀬良はドアを睨みつけると、沙樹の口を手で塞いだ。

「声を出すなよ」

命令し、顎をしゃくって時任に指示をする。

「何かの間違いだろう。追い返せ」

「わかった」

時任がカメラを置き、ドアのほうに足を進める。

「何かの間違いじゃないですか？　ウチは頼んでないですよ」

怒鳴るように告げると、外から返事があった。

「すみません。『Ｄｏｎｎａ　Ｓｐｏｓａｔａ』様からのご依頼です」

店の名前を出され、男たちは顔を見合わせた。

「珍しいな。陣中見舞いか？」

「どうする？」

「とりあえず受け取ろう。だけど、従業員を中に入れるなよ」

「了解」

時任がドアを開ける。

「じゃあ、僕がいただきますから——あ、ちょ、ちょっと、止まれよ、こいつ——」

料理が載ったらしきワゴンを押した女性従業員が、制止を無視してずかずかと入り込んできた。

（え、真帆さん？）

沙樹は目を丸くした。

身なりこそホテル従業員の制服だったが、間違いなく相棒だ。変装のつもりか眼鏡をかけて、髪型も変えている。そのため、ロビーで沙樹と一緒にいた人妻だと、男たちはわからなかったらしい。

「まあ、お盛んですね」

ベッドで繋がった瀬良と沙樹を見て、真帆があきれた顔をする。仲間がヤラれているのに、丸っきり他人事だ。

「お前、何をやってるんだよ！」

時任が怒り心頭で真帆に迫る。彼女はワゴンの上に伏せてあったドームカバーを素早く持ちあげると、下から取り出したものを彼に向けた。

バシュッ――。

何かが破裂したような音がして、時任の胸にきらめくものが刺さる。途端に、彼はひっくり返って全身を痙攣《けいれん》させた。

スタンガンだ。それも、細い導線で繋がった電極が飛び出して、離れた相手を感電させるもの。海外の犯罪ドラマでしか見たことがないタイプである。

「今のは正当防衛ですよ。だって、わたしに襲いかかろうとしたんですから」

とっくに気絶している時任に言い放ち、真帆がベッドに視線を戻す。いいのかしらという表情を見せ、小首をかしげた。

「ところで、おふたりのセックスは、同意の上でのものですか？」

問いかけの意味を察するなり、沙樹は口を塞いだ瀬良の手に思いっきり嚙みついた。

「イテッ！」

手が離れ、声が出せるようになると、声の限りに叫ぶ。

「助けてっ！　これはレイプよ。わたし、犯されてるのよっ！」

「わかりました。お助けします」

真帆がもう一丁のスタンガンを手にする。それを見て、瀬良は焦ってペニスを引き抜いた。泡を食ったふうに、ベッドから飛びおりる。

バシュッ。

さっきと同じ音がして、電極が放たれる。それは逃げようと背中を向けた男の尻に、見事命中した。

「うわわわわわわわわっ！」

断末魔に似た声がほとばしる。全身をガクガクと震わせた瀬良は、三秒と持たずに背中から床に落ちた。

「大丈夫ですか、沙樹さん？」

駆け寄ってきた真帆に助け起こされ、沙樹は涙を溢れさせた。

「う……うん」

何か言わなくちゃと思ったものの、様々な感情が一気に溢れ、言葉が出てこない。相棒の人妻は、むっちりボディが柔らかで心地よい。心から安心したのと同時に、今さら恐怖心が募ってきた。まさに九死に一生を得た気分だ。

（わたし、助かったのね……）

床を見ると、瀬良が口から泡を吹いていた。

コンドームを嵌《は》めたペニスは、なぜだかいきり立ったままである。おまけに、尖端のゴム袋がぷっくりとふくらみ、白濁液が溜まっていた。どうやら電気ショックが射精中枢を刺激したようだ。

かなり強烈なスタンガンで、まだ電気が流れているらしい。男の腰がビクンビクンと跳ね躍ったかと思うと、ペニスもそれに合わせて脈打つ。精液溜まりが、いっそう大きくふくらんだ。

(また出してる……ざまあないわね)

沙樹はようやく溜飲《りゅういん》が下がった気がした。

2

人妻売春組織の壊滅を果たしたふたりは、鍋島に呼ばれた。

そこは沙樹が最初に訪れた、オフィスビル最上階の会社である。捜査官の給料を払ってくれる、「総合調査開発産業」だ。

「いや、ご苦労だったね。よくやった。まさかこんなに早く片がつくとは思わなかったよ」

広々とした社長室。応接セットの椅子に腰掛けた鍋島は、至極ご満悦であった。

おそらく、組織の実態を暴くだけでも、相応の時間がかかると踏んでいたに違いない。それが潜入一日目で悪事の全貌を摑み、難なく検挙に至ったのだ。

まあ、怪我の功名ではあったけれど。

沙樹を陵辱したことで、瀬良と時任は強制猥褻、強姦、傷害並びに薬事法違反で逮捕された。持っていたスマホも、証拠品として徹底的に調べられた。

そこには、人妻派遣店のオーナーである美都子との、メールのやりとりが残っていたのである。

しかしながら、売春や脅迫、強要に関する確たる文言《もんごん》は残っておらず、それだけでは立件が不可能であった。ところが、ふたりと沙樹のやりとりが録音されていたおかげで、彼らはすべて白状するしかなかったのである。

「あいつらが間抜けなおかげもあったんですけどね。ボイスレコーダーがひとつしかないと思い込む、単純な連中で助かりました」

沙樹は笑みを浮かべて鍋島に報告した。

万が一に備え、証拠を採取する機器を複数準備するのも、捜査の鉄則である。瀬良たちは、ボイスレコーダーを発見したことで鬼の首を取った気分になり、他にないか探そうとしなかったのだ。

加えて、ビデオカメラのメモリーカードにあった動画も、動かぬ証拠になった。人妻たちがからだの自由を奪われ、男たちに辱められる姿が、多数記録されていたのである。

瀬良と時任の証言で、オーナーの桂城美都子のみならず、男性スタッフたちも逮捕された。当然ながら「Ｄｏｎｎａ Ｓｐｏｓａｔａ」は営業停止。被害者たる人妻たちへの補償に当てるため、資産も凍結された。

かくして、あれよあれよという間に、事件は解決を見たのである。

「とにかく、君たちの活躍のたまものだよ。特に高宮君は、酷《ひど》い目に遭って大変だったろう」

気遣ってくれる鍋島に、沙樹はかぶりを振った。

「この仕事を引き受けたときから、ある程度の危険は覚悟していましたから。ただ、真帆さんがもうちょっと早く、助けに来てくれればよかったんですけど」

横目で睨んでも、真帆はしれっとしていた。

「わたしだって、心配して急いで駆けつけたんですよ。本来なら労働時間外だったのを、けっこう無理して」

彼女にとっては、仲間の救出も残業でしかなかったらしい。さすがに沙樹はムッとした。

とは言え、真帆がいなかったら、今ごろどうなっていたことか。助けられたあと、沙樹は彼女の胸に抱かれて、さめざめと泣いたのである。

そんなことまで思い出したら、文句など言えなくなる。

「うむ。君たちはよくやった。腑甲斐《ふがい》ないのは警察のほうだ」

鍋島が苦々しげに唇を歪めた。

店舗の捜索で、警察は顧客の名簿を押収したのである。そこにはかなりの著名人や、地位や権力を持つ者の名前が並んでいたという。警察関係者が含まれていたという情報もある。

その名簿が表に出なかったのは、言うまでもない。

「それこそ常連だった連中など、売春教唆で一緒に裁かれるべきなんだ。あいつらが大金を払ったことで、あの店がますます多くの人妻たちを雇って、被害の拡大を生んだんだからな」

憤まんやるかたない様子の鍋島に、真帆が小首をかしげる。

「でしたら、その名簿を手に入れましょうか？」

さらりととんでもないことを述べたものだから、沙樹は仰天した。

手に入れるも何も、名簿はおそらく警察施設のどこかに隠されているのである。悪人のアジトに忍び込むよりも、探し出すのはずっと困難に違いない。

「そ、そんなことができるの⁉」

前のめり気味に問い詰めると、真帆はきょとんとした顔を見せた。

「ええ、たぶん」

「いったいどうやって――」

質問しかけて、沙樹は口をつぐんだ。本当に彼女ならやれそうな気がしたのだ。

(まったく、得体の知れないひとよねえ……)

ホテルで助けられたときも、絶妙のタイミングで入ってきたのに加え、あのスタンガンには驚かされた。あとで鍋島に確認したところ、そんな武器は渡していないとのことだった。

だったら、どこで手に入れたのだろう。

通報したあと、真帆は使用したスタンガンを隠し、オーソドックスな護身用のものを警察官に証拠として提出した。それも、発射タイプのものの電極をそちらにつけ直すという念の入れようで。

　そこまで用意周到だと、ひょっとして彼女が裏で糸を引いていたのかと、あらぬ疑いをかけたくなる。要するに、それだけ刑事としての判断力、行動力があるということだ。

　ホテルに駆けつけたときも、真帆が従業員に化けたのは、部屋に入るためだけではなかったらしい。

『沙樹さんってば、わたしが部屋の番号を訊く前に、電話を切っちゃったんですもの。だから従業員に化けて、まずはどの部屋かを調べたんです』

　ふたりの男のうち、時任の名前はわかっていたし、男ふたりでジュニアスイートだったから、すぐ判明したとのこと。やはり、元警察官だけのことはある。中に入るために店の名前を使ったのも、的確な判断だったと言えよう。

　もっとも、真帆が先に帰らなければ、あんなことにはならなかったのである。そのおかげで男たちの罠にかかり、結果、組織売春の解明に繋がったとは言え、沙樹には釈然としないものが残った。

（そもそも、刑事が捜査中に帰宅するなんて、前代未聞だわ。しかも、旦那さんに会いたいからだなんて）

未だに不満が燻《くすぶ》っていたのは、絶対に病室でよからぬことをしたのだと決めつけていたからだ。彼女は愛《いと》しい夫のペニスをしゃぶり、自分は悪党のおぞましいモノを咥《くわ》えさせられたというのでは、あまりに不公平である。

それはともかくとして、真帆は何かやらかしそうなところがある。警察に潜入して名簿を盗み出すことも、案外造作なくできるのではないか。

「まあ、そこまでしなくともよい。いずれすべてが明らかになるだろうから」

鍋島がやんわりたしなめると、真帆は「わかりました」と素直に引き下がった。それからしばらく歓談したのち、彼が腕時計を見る。

「おっと、申し訳ないが、このあと来客の予定があってね。もう少し話したいのはやまやまだが、今日はここまでにしてもらえるかな？」

「承知いたしました。では」

沙樹が腰を浮かせると、真帆もそれに倣《なら》う。ふたりは一礼して、鍋島のオフィスをあとにした。

今日はまだ時間があるというので、沙樹は真帆をコーヒーショップに誘った。話したいことがあったのである。

ところが、飲み物を買ってテーブルに着くなり、先に口を開いたのは真帆のほうだった。

「あのひとたち、何者なんでしょうか」

「え？」

「ほら、鍋島さんのオフィスを出たあと、廊下ですれ違った男のひとたち」

「ああ」

沙樹はうなずいた。あのフロアで他の人間と顔を合わせたのは、初めてだった。

ふたり組の男は、見た目も異様だった。年は自分たちと同じか、もう少し若いかもしれない。

揃ってスポーツマンっぽい短髪で、一九〇センチは超えていそうな長身。ノーネクタイの白いワイシャツに、黒いスラックスというシンプルな装いだった。

ただ、ワイシャツの胸元や腕、スラックスの太腿部分が今にも破れそうにピチピチだった。そこらのボディビルダーにも負けないほど、筋肉隆々だったのである。

「たぶん、わたしたちのお仲間なんじゃない」

「え、お仲間って？」

「ようするに刑事ってこと」

「あのひとたちが⁉」

真帆が目を丸くする。

鍋島は、人妻刑事をスカウトする前に、他の捜査官も検討していたことを認めた。それはうまくいかなかったらしいが、また新たな人材を見つけたのではないか。

あのフロアの他のオフィスも、以前は誰もいない様子であったが、今日はひとの気配があった。もしかしたら、いずれ自分たちにも部屋が与えられるかもしれない。

とは言え、ふたりとも家庭がある。特に真帆は、時間があれば夫のところへ行きたい様子だから、好んであそこにいようとは思わないであろう。

などとぼんやり考えていたら、真帆が身を乗り出してきた。

「そうすると、あのひとたちはさしずめ、筋肉刑事ってところですね」

楽しげに直球のネーミングをする。途端に、鍋島があのふたりを指差し、

『君たちは今日から、筋肉刑事だ！』

と命名する場面が脳裏に浮かんだものだから、沙樹は吹き出しそうになった。

「それはストレートすぎるんじゃない？　まあ、わたしに言わせれば、筋肉デカよりは筋肉バカのほうが合ってると思うけど」

頬をピクピクさせながらぶっきらぼうに言うと、真帆が目を丸くした。

「え、沙樹さんって、ああいうマッチョな男性は好みじゃないんですか？」

「べつにいいとは思わないわ。特にあのふたりは、着ているものがまったく似合ってなかったし。どこぞの風俗店の用心棒みたいじゃない」

「へえ、意外ですね」

「どうしてよ？」

「沙樹さんは、根っからの体育会系だと思ってましたから。てっきり、筋肉ムキムキの男性が好みなのかと」

体育会系だから筋肉に惚れるなんて、偏見もいいところだ。

「そりゃ、からだを動かすことは好きだけれど、わたしは体育会系じゃないわよ」

学生時代に運動部だったのは事実だが、そればかりだったわけではない。まして、さっき目にしたような、筋肉を誇らしげにアピールするタイプの男は苦手だった。

考えてみれば、夫は警察官にしては優男《やさおとこ》のタイプだ。最初は正直、頼りなく映ったのであるが、悩みを相談したときに、一本筋の通った男性であることがわかった。親身になって話を聞いてくれたし、だからこそ結婚したのである。

逆に、普段から声がでかくて体格のいい、体育会系であることを自称する同僚も何人かいた。けれど、彼らはただがさつなだけの人間だった。

相談めいたことを口にしても、運動して汗を流せばすっきりするとか、一杯飲んで眠れば忘れられるとか、少しも役に立たないアドバイスしかしてくれなかった。そのせいもあって、体育会系であるとか、見た目マッチョな男を、あまり信用できないのだ。

(つまりわたしは、いい男と結婚できたってわけね)

つい頬が緩んでしまうのは、昨晩、久しぶりに夫と愛を交わしたからだろうか。

追っていた強盗殺人事件の容疑者を逮捕した夫は、昨日は定時の帰宅となった。連絡を受けて、沙樹は腕によりをかけてご馳走を作り、晩酌もサービスしたのである。

そして、ベッドイン――。

しばらくしていなかったものだから、夫はやけに昂奮《こうふん》し、挿入して早々に果ててしまった。しかし、求められるままフェラチオをしてあげると、時間をかけることなく復活したのである。

二回戦はたっぷり励《はげ》んでくれて、沙樹は何度も昇りつめた。終わったあと、しばらくぐったりして動けなかったほどに。

今朝も起きてみれば、夫のペニスは朝勃《あさだ》ちでギンギン。悪戯《いたずら》っ気を起こし、ブリーフを脱がせてしゃぶってあげたところ、目を覚ました彼にまた挑まれたのである。

朝からするのなんて、新婚時代以来だ。ハッスルしすぎて、夫は遅刻しそうだと朝食も食べずに出勤。沙樹はそのまま二度寝してしまい、鍋島との約束に遅れるところであった。

（やっぱり、夫婦円満にセックスは大切なのね）

愉悦《ゆえつ》のひとときを思い出し、秘部をじんわり熱くしたところで、沙樹は我に返った。

（って、わたしのことはどうでもいいのよ！）

真帆に話したいことがあって、ここへ誘ったのである。いやらしい回想に耽《ふけ》っている場合ではない。

「ところで、真帆さんに確認しておきたいことがあるんだけど」

改まって告げると、彼女は坐り直して背すじを伸ばした。こちらが真顔なったことで、叱られるとでも思ったのか。

「は、はい。何でしょう」

返事からも、緊張しているとわかる。

「今回は真帆さんに助けられたおかげで、わたしはそれほど大事に至らずに済んだんだけど、いつもうまくいくとは限らないわ。それから、真帆さんだって、わたしと同じような目に遭う可能性があるのよ」

「はい……」

「その覚悟はできてるの？」

真帆はすぐに答えなかった。こちらの考えを探るみたいに、じっと見つめてくる。間をおいて、彼女はすうと息を吸い込むと、

「できています」

きっぱりと答えた。

「そ、そう」

沙樹はうなずきながらも、ちょっぴり怯んだ。彼女の目が、怖いぐらいに真剣だったからである。

すると、真帆がふっと表情を和らげる。

「実は、最初はここまで大変だとは思っていなかったんです」

「え、最初って？」

「鍋島さんから、刑事のお話をいただいたときです」

「ああ……」

「潜入捜査をした日に、主人のところに行くからってお先に失礼したのも、軽く考えていたからなんです。あとは沙樹さんが何とかしてくれるだろうって、当てにしてい

ました。だけど、ひとりになったせいで沙樹さんが罠にかかったわけですし、甘かったんだって痛感しました」

「そう」

「それに、沙樹さんが男たちにヤラれちゃってるのを見たら、本当にからだを張ってるんだってことがわかりました」

陵辱の現場を目撃したことで、容易な仕事ではないと理解したらしい。

「まあ、わかってもらえたのなら、それでいいんだけど」

了解しつつ、沙樹が眉をひそめたのは、『ヤラれ』たなんてストレートなことを言われたからだ。

(確かにあいつらには、恥ずかしいところを全部見られたし、無理やりペニスをしゃぶらされて、挿入もされちゃったけど……)

嫌な記憶が蘇る。昨晩と今朝、夫と愛し合ったことが、台無しにされた気分だった。

瀬良はコンドームを嵌めていたから、バイブを突っ込まれたのと一緒だ。一線は越えていないなんて、自分を慰めても心は晴れない。

「それから、助けたあとに沙樹さんが、わたしの胸で泣いたじゃないですか」

そんなことまで蒸し返されて、今度は耳がカッと熱くなる。

それは犯されたところを目撃された以上に、沙樹には恥辱であった。真帆はあとから人妻刑事になったのであり、弱いところを見せたくなかったのだ。

「そ、それはほら、助かって、気が緩んじゃったからね」

取り繕ったことを述べると、予想もしなかったことを告げられる。

「わたしは、あれで決心したんです。わたしが沙樹さんを守ってあげるんだって。泣かせるような目には、絶対に遭わせちゃいけないって」

「え？　あの、それってどういう……」

「安心してください。これからは、わたしが必ず沙樹さんを守りますから」

身を乗り出した真帆が、目をキラキラと輝かせる。本気で言ってるのだ。もしかしたら、泣かれたことで母性本能が芽生え、年下の人妻を庇護すべき存在だと見なしたのだろうか。

「あのね、わたしはそういうことを言ってるんじゃないのよ。真帆さん自身が、今後危険な目に遭う可能性について――」

「ああ、それなら心配ありません。わたしはうまくやりますから」

「へ？」

「わたしは危機管理がしっかりできていますので、敵の手に落ちることはありません。

心配は御無用です」

自信たっぷりに言われ、沙樹は唖然となった。

(――て、それじゃあ、わたしの危機管理がなってないみたいじゃないの！)

馬鹿にされた気分になり、大いにむくれる。しかし、真帆は少しも悪気がないらしい。ニコニコしていた。

(このひと、かなりの天然なんだわ……)

でなければ、天上天下唯我独尊を地でゆく自信家なのか。どちらにせよ、何を言っても通じないのは一緒だ。

沙樹はやれやれと嘆息し、諦めてコーヒーに口をつけた。

彼女は守ってあげると言ったけれど、この調子だと、また主人のところへ行かなくちゃと、捜査をほっぽり出して帰りそうである。厄介なパートナーを押しつけられたなと、倦怠感にまみれつつ周囲を眺める。

昼下がりのコーヒーショップは、平日ということでお客はさほど多くない。席も半分程度が埋まっているだけである。

お客のほとんどは、主婦らしき女性たちだ。中に、高齢の男性の姿もあった。女性同士のおしゃべりが聞こえる他は、時おり、エスプレッソマシンの騒がしい音が店内に響く。

照明があまり明るくないため、大きなウインドウ越しに、外の景色がよく見える。比較的賑やかな通りに面しており、ひとの行き来が途切れることはない。天気もよく、いつもと変わらぬ午後のひとときだ。

(この平和を守るためにも、わたしたちは頑張らなきゃいけないのよね)

などと、いっぱしのヒーロー気分にひたっていたとき、不穏な動きがあった。

「あら?」

沙樹が怪訝な面持ちで外を見ていることに気づいたようで、

「どうかしたんですか?」

と、真帆もそちらに視線を向ける。

歩道の通行人が、同じ方向に駆けだしていた。それも、怯えと混乱の表情を見せて。

「え、何かしら?」

「シッ」

沙樹は人差し指を鼻先に当て、耳をすませた。

悲鳴が聞こえ、それが次第に大きくなる。何を言っているのかわからないが、怒鳴り声みたいなものも耳に入った。

店内の他の客も、外の様子がおかしいことに気がついたようである。

「え、なに？」

「どうかしたの？」

ザワめきが広がる。レジカウンターにいた若い女性店員が、不安げな面持ちで出入り口に近づいた。

そのとき、自動ドアが開き、何かが飛び込んできた。

「キャッ！」

女性店員が悲鳴をあげる。その何か——もちろん人間——に捕まり、背後から首に腕を巻かれたのだ。

侵入者は男だった。年は二十代の後半ぐらいだろうか。

ただ、若いわりに身なりは雑だ。ベージュのジャケットもグレイのズボンも、いかにも安物で薄汚れている。髪はボサボサで、無精髭《ぶしょうひげ》が生えていた。どことなく浮浪者っぽい雰囲気もある。

そして、彼の右手には包丁が握られていた。

「キャーッ！」

「イヤーッ！」

店内に悲鳴がこだまする。

「うるせえっ！　お前ら、出ていけ！」

男が怒鳴り、客たちが一斉に席を立つ。沙樹と真帆を除いて。

（あの男、ここに立てこもるつもりだわ）

そのために、店員を人質に取ったのだ。大勢を見張るだけの余裕はなさそうだし、反撃されても困るから、他の客を逃がすのだろう。

「お前は逃げるなよ。逃げたら殺すぞ！」

男が店員の顔の前に包丁をかざす。

「ひぃいいっ！」

息を吸い込むような声を洩らした店員の顔から、血の気が完全に引いていた。今にも失神しそうである。

包丁にも、それから衣服にも、血痕らしきものは見当たらない。通り魔かと思ったが、未遂か、あるいは包丁を持っているところを職質されるかして、ここまで逃げてきたのではないか。

だとすれば、今は昂奮しているようでも、他のことに気を向かせれば何とかなるかもしれない。そのためには、人質を代わる必要があった。

「真帆さん、わたしたちが人質になるわよ」

小声で告げると、真帆が小さくうなずく。彼女も使命感に駆られていたようだ。

「でも、どうやって？」

「わたしに任せて」

ほとんどの客が外へ逃げたのを見計らい、沙樹はガタンッと大きな音を立てて椅子を倒した。床に尻餅をつき、

「いやぁああっ、た、助けてぇッ！」

大袈裟に泣き叫び、腰が抜けたフリを装う。真帆が泣きそうな顔でしゃがみ込み、助け起こすフリをした。

「ちょっと、大丈夫？　早く逃げようよ」

肩を揺すって励ますのもかまわず、沙樹は「イヤイヤ」とかぶりを振った。

「無理むり、怖いのぉ」

そんなふたりに気がついて、男が店員を引っ立てて近づいてくる。

「お前ら、何やってんだ。さっさと出ていけっ！」

怒気をあらわに命じられても、沙樹は立てないフリをした。

「イヤイヤ、助けて、殺さないでっ」

涙を流し、前に投げ出した脚をジタバタさせて後ずさる。

沙樹は今日も黒のスーツ姿であった。ボトムはタイトミニ。ポカポカ陽気だったので、パンストは穿いていない。

そんな服装で床に尻をつき、股を開いているのだ。当然ながら、犯人の男には下着がまる見えのはず。ピンク色のクロッチが、股間に喰い込んでいるところまで。

事実、彼の目は、真っ直ぐその部分に向けられていた。

肩に縋《すが》っている真帆は、清楚なワンピースをまとっている。彼女も怯えて身なりを顧《かえり》みられない演技をしているから、片方の太腿が剝き出しだった。それもまた、若い男の情欲を煽るに違いない。

「なんだ、こいつら……」

男がコクッと、ナマ唾を呑んだのがわかった。

恐怖に怯える美貌の人妻がふたり。あられもなくパンティや太腿を晒《さら》しているのである。見るからに欲求不満そうな犯人が、この獲物を逃すはずがなかった。

「お前はもういい。出ていけっ！」

若い店員を離し、包丁を振り回して遠ざける。

「きゃあああッ！」

彼女は脱兎のごとく駆け出すと、外へ飛び出した。

男は店員を追ったものの、外には出ない。自動ドアが閉まると、上部レールの端にあるメンテナンス用のスイッチを切った。外から開けられないようにしたのだ。

（あのスイッチを知ってるってことは、自動ドアがあるところで働いたことがあるのかしら？）

さらに男は、出入り口のみならず、窓のブラインドを次々と下ろした。外から中が見えないようにするために。照明も一部だけを残して消したのである。

（なかなか頭が働くわね）

包丁を持っていきなり飛び込んでくるなど、かなりいかれたやつかと思えば、けっこう冷静に動いている。これだと警察が来て交渉しても、簡単には投降しまい。絶対に捕まるものかという強い意志も、表情から感じられた。

それゆえに、話が通じない相手ではないということだ。知性などなく、感情のままに振る舞うだけのいかれポンチだと対処に困るが、会話が成り立つのなら操ることは可能である。

男がこちらに戻ってくる。目がやけにギラついているのは、スカートの内側を晒したままだからだ。

（昂奮してるみたいだわ、こいつ）

沙樹は涙をこぼしてガタガタと震えながらも、彼の様子をしっかり観察した。さて、どんなふうに懲らしめてあげようかしらと考えながら。

外から聞こえるパトカーのサイレンが、次第に大きくなった。

3

最初はドア越しに説得を試みようとした警察であったが、

「店に近づいたら、人質を殺すからな。中に入ろうなんて馬鹿な考えは起こすなよ。裏口の方も見張ってるからな」

と、ハッタリ混じりに犯人が脅したため、店に電話をかけての接触に切り替えた。これはもう、完全に彼のペースである。

（なかなか考えてるわね）

人質を見張りながら交渉するとなると、隙ができてしまう。それを避けるために、向こうに電話をかけさせたのだ。

おまけに、簡単には話にのらない。コードレスの受話器を手に、

「用があればこっちから連絡する。それまでは大人しく待ってろ」

説得する余地を与えず怒鳴りつけて、すぐに電話を切った。おそらく警察は、歯噛みしていることだろう。

ただ、男が何も交渉しなかったのは、人質にしたふたりの美女が気になったためもあったのではないか。

「お前ら、どちらも旦那がいるのか？」

包丁を突きつけて、男が質問する。左の薬指のリングに気がついたようだ。

沙樹は「ひぃッ」と掠《かす》れた悲鳴をあげ、

「そ、そうです……だから殺さないで」

と、涙ながらに訴えた。

「ふん。いい年をして、情けない女だぜ」

侮蔑の言葉を吐き、目を細める。スカートの中から目が離せないようだ。

「うう、ごめんなさい」

わざと下着を見せているのであるが、そうじっと見られるとさすがに恥ずかしい。

頬が熱く火照《ほて》り、恐れおののく演技をしているせいもあって、涙がぽろりとこぼれた。

それもまた、男の嗜虐心を煽ったようである。

「おい、名前は？」

「え？」

「お前の名前だよ」

「あ……た、高宮──」

「下の名前だよっ！」

「さ、沙樹です」

男は満足げにうなずくと、真帆にも包丁の切っ先を向けた。

「そっちは？」

「真帆です……」

「ふたりは友達なのか？」

「はい……結婚前に、職場が同じだったんです」

「ふん」

訊いておきながら、興味がなさそうに鼻を鳴らす。だが、沙樹は気がついていた。

(こいつ、やっぱり昂奮してるんだわ)

ズボンの股間が、もっこりと隆起していたのである。

人妻ふたりを脅すだけで、男は気分を高めている様子だ。名前を聞き出したのも、この場凌《しの》ぎの人質と捉えていない証拠である。間違いなく、いやらしい要求をしてくるであろう。

それは人妻刑事のふたりにとって、敵を倒すチャンスでもあった。

「……あの、あなたのお名前は？」

真帆が怖ず怖ずと訊ねたものだから、沙樹は焦った。

（そんなことを訊いて、どうするっていうのよ？）

あまり刺激しないほうがいいのにと危ぶんだところ、

「何だってそんなことを訊くんだよっ！」

案の定、男は声を荒らげた。

「ひっ――そ、それは……わたしたちが教えたから、あなたも教えてくれないと公平じゃないっていうか」

しどろもどろで答える真帆に、沙樹はほとほとあきれ返った。

（そんな理由が、こいつに通用するはずないでしょ）

そうまでして聞き出す必然性があるのだろうか。ところが、

「三上《みかみ》だよっ」

男がぶっきらぼうに答える。まさか教えてくれるとは思わなかったので、沙樹は驚

いた。

「三上……何さんですか？」

下の名前まで訊ねた真帆に、彼はぶち切れた。

「何だってそこまで教えなくちゃならねえんだよっ！」

「ひいいっ、ご、ごめんなさい」

顔の真ん前に包丁を突きつけられ、真帆はガタガタと震えだした。それでもめげずに話しかける。

「あ、あの、三上さんは、どうしてこんなことをしたんですか？」

「ああん？　誰でもいいからぶっ殺そうと思って、そこらをうろついていたら、警官に職質されそうになって逃げたんだよ」

「じゃあ、まだ何も、悪いことはされていないんですね？」

この言葉に、男はちょっと怯んだ様子であった。

(ひょっとして、こいつを落ち着かせようとしているのかしら？)

沙樹はようやく、真帆の真意が呑み込めた気がした。

コーヒーショップに逃げ込んだ理由を、三上と自称する男は、案外素直に打ち明けた。つまり、誰かに聞いてほしかったのである。

また、真帆が名前を訊ねたのは、男との関係を少しでも近いものにしようと考えてだったのかもしれない。荒れた心を鎮《しず》め、気持ちを汲んであげるために。

誰でもいいからぶっ殺すなど、発言は確かに物騒である。ただ、酷く幼稚な理由だ。立てこもってからの行動は、相応に考えられているふうながら、感情のコントロールはできていない。精神的には、まだまだ幼いようだ。

それこそ、生活安全部で少年犯罪を担当した真帆には、放っておけない存在として映るのではないか。

「……悪いことをしてないって、現にこうして、お前たちを脅してるだろうが」

三上が包丁を持った手を細かく震わせる。怒りが募っているのか、それとも事実を指摘されて迷いが生じたのか。

「でも、わたしたちは傷つけられたわけじゃありませんから」

真帆は彼をなだめようとしているらしい。

「あの、誰でもいいからぶっ殺すって、嫌なことでもあったんですか？」

問いかけに、三上は「チッ」と舌打ちをし、視線を沙樹たちから逸《そ》らした。

(今だっ！)

機を逃さず飛びかかろうとしたものの、男がすぐにこちらを向き、何もできなかった。床に尻をついていたため、咄嗟《とっさ》に動けなかったのだ。

するると、肩に縋っていた真帆が、手に力を込める。まるで、《動かないで》と注意を与えるかのように。

(ひょっとして、こいつを説得して、自首させるつもりなのかしら)

もちろん、平和的に解決するのが一番いい。しかし、そううまくいくのかと、沙樹は疑念しか持てなかった。

「嫌なことも何も、嫌なことだらけだよ。仕事はクビになる。金はねえ。見た目もこんなだから、女は誰もおれなんか相手にしてくれないしよ」

いかにもな理由を並べられて、やれやれと思う。

要は思い通りにならないからと、駄々をこねているのである。そういう我が儘なところがあるから、勤め先からも愛想を尽かされたのではないか。

見た目だって、決して醜男というわけではない。おそらく、テレビに出るような人気者と比較して、勝手にコンプレックスを抱いているだけだ。

かように、沙樹はまったく共感できなかったのだが、真帆は三上の言葉に何度もうなずいた。

同情の面持ちすら浮かべ、彼をじっと見つめたのである。

おそらく、もっと若い十代の少年であれば、年上の女性からそんなふうに気にかけられたら、心を開くかもしれない。ところが、捨て鉢な犯人はそこまで純情ではなかった。

おまけに、何よりも女を欲していたらしかったのである。

「お前、ひょっとして、おれが自首するように仕向けているのか？」

三上が眉間に深いシワを刻む。真帆はハッと身じろぎした。

「い、いえ、わたしはべつに」

「そんなふうに憐れまれても、もう引き返せねえんだよっ！」

男の怒声が店内に響き渡る。説得を試みたことが、かえって怒りの炎に油を注ぐ結果になった。

「確かにおれは、まだそんなに悪いことをしちゃいないのかもしれねえ。だがな、これからやってやるのさ。お前らがもっと泣き喚《わめ》くような悪いことを」

悪辣な表情を見せた三上に、真帆が絶望をあからさまにする。それ見たことかと思った沙樹であったが、ちょっと可哀想《かわいそう》かなとも思った。

（まあ、真帆さんの説得は、決して無駄じゃなかったわよ。いちおう時間稼ぎにはなったから）

胸の内で慰め、肩に置かれた彼女の手をギュッと握る。

「おい、お前。沙樹っていったな。脱げよ」

三上が沙樹に包丁を向ける。

「え、ぬ、脱ぐ？」

怯えをあらわにすると、男が声を荒らげた。

「さっきからパンツを見せっぱなしじゃねえか。すぐに脚を開くのは、欲求不満の証拠なんだよ」

「そ、そんなことありません」

「いいから、スカートとパンツを脱げ。でないと殺すぞっ！」

包丁の切っ先が、鼻面のすぐ先にまで迫った。

「は、はいっ」

沙樹はしゃくり上げながら、腰をノロノロと浮かせた。ホックをはずし、スカートを床に落とす。さらにパンティも、むっちりヒップから剝きおろした。

「うう……」

羞恥の呻《うめ》きをこぼしたのは、演技ではなかった。こんな場所で下半身をあらわにさせられることに、屈辱を嚙み締めていたのである。

たとえ、自らが招いた結果であっても。

脱いだものを脇に置き、沙樹はしゃがみ込んだ。けれど、三上はそれを許さない。

「立てよ」

顎をしゃくって命じる。

（わたし、いつもこんな目に遭ってるみたい……）

このあいだの組織売春捜査もそうだったし、その前の痴漢逮捕のときも、辱めを受けているのだ。こうも立て続けだと、鍋島の依頼を引き受けて本当によかったのかと、疑問も湧いてくる。

（まさか、こういうからだを張った捜査をさせるために、鍋島さんはわたしたちを採用したわけじゃないわよね？）

女性である特性を活かした捜査、人妻である自分たちにしかできない捜査とは、すなわち色仕掛けで犯人を挙げることを指すのか。

いや、さすがに穿《うが》ちすぎかと思い直す。そもそも今回のこれは、たまたま出くわした事件なのだ。

（ていうか、わたしが色気を利用したわけだけど）

下着を見せたのは犯人を惹きつけ、人質を代わるためだった。他ならぬ沙樹自身が、自らからだを張っているのである。

つまり、自業自得だ。

(だ、だからって、欲求不満じゃないんだからね)

昨夜も今朝も、夫と濃厚に愛し合ったのだから。と、心の中で弁明しながら立ちあがる。

股間を両手で隠していたものの、三上は非情だった。熟れた下半身をよく見ようとしてか後ずさり、また命令する。

「手をはずせ」

仕方なく、下腹部に萌《も》える恥叢《ちそう》をあらわにすると、

「ったく、エロいカラダをしてやがるなあ」

侮蔑と情欲の混じった視線を向けられ、沙樹は恥じらいに身をよじった。それも演技というより、自然とそうなったのである。

一方で、誇らしさも覚えていた。

(わたしって、そんなにセクシーなのかしら)

魅惑の裸身は、ふたりの男たちに弄《もてあそ》ばれたときにも称賛された。これまで相手をした人妻の中で、最高だとも言われた。

ボディラインを保つべく努力しているので、褒められれば嬉しい。だからと言って、

何をされてもかまわないわけではない。

「後ろを向け」

言われて、さほどためらうことなく回れ右をしたのは、見せつけたい気持ちが少なからずあったからだ。

「おお、ケツもいいいな」

三上の声がわずかに震えている。それだけ昂《たか》ぶっているのだ。

だとすると、まずいことになるかもしれない。

（まさか、このまま後ろから突っ込んだりしないわよね？）

さすがにこんなところで犯されたくはなかった。いや、どんな場所だってお断りだ。

「イヤッ」

横にしゃがんでいた真帆が、小さな悲鳴をあげる。三上が犯そうとしているのかと身構えたところで、

「いいぞ、前を向け」

と声がした。

安堵して振り返った沙樹であったが、男の姿を目にして身を強ばらせる。なんと、ズボンと下着をずり落としていたのだ。

剝き出しの股間には、牡のシンボルが反り返っている。筋張ったところに血管を浮かせた、凶悪な姿を誇示していた。

「キャッ」

沙樹は悲鳴をあげ、顔を手で覆ってしゃがみ込んだ。それは演技であったが、おぞましいものを見たくなかったのは確かである。

「おい、お前のエロいケツのせいで、こんなになっちまったよ」

含み笑いで言い、三上が近づいてくる。脱いだものを床に残し、いきり立つペニスを振りかざして。

「やめて。近寄らないでっ」

かぶりを振って訴えても、聞き入れられるはずがない。

「お前が悪いんだろ。ほら、握れよ」

責任転嫁して、理不尽なことを言う。

「どうせ旦那のチンポを、いつもシコシコしてるんだろ。おれにも同じことをしろ。でないと殺すぞ」

脅されて、沙樹は渋々顔をあげた。いつもじゃないわよと、胸の内で反論しながら。

すぐ目の前に、無骨な肉器官がある。かなり昂奮しているらしく、ビクンビクンとしゃくり上げる動きを示した。

(すごい)

さすが若いだけはある。とは言え、好感の要素は皆無だ。

着ているものが薄汚れているし、入浴をあまりしていないのか、猛《たけ》る勃起が饐えた匂いを漂わせる。こみ上げる吐き気を、沙樹はどうにか抑えた。

横目で真帆の様子を窺うと、彼女は顔を背けていた。一途なようだから、夫のモノ以外は見たくないのだろう。

だが、そんな態度が牡の嗜虐心を煽ることまでは、わかっていないらしい。

「ほら、握ってしごけよ」

包丁を突きつけられ、沙樹はやむなく従った。血管を浮かせた肉胴に、怖ず怖ずと指を回す。

ペニスはベタついていた。今日は天気がいいし、汗で蒸れたのかもしれないが、やはり洗っていないようだ。

硬い芯を包む皮を前後にスライドさせると、くびれ部分があらわになる。案の定、そこに白いカス状の付着物があった。

(つたく、ちゃんと綺麗にしておきなさいよ。こんなだから、女性に相手にされないのよっ！）

心の声で毒づいても、気は晴れない。

女に相手にされないと自ら告白したが、愛撫に慣れていないのは間違いないようだ。おざなりな奉仕にもかかわらず、三上はかなり感じていた。

「おお、うまいじゃないか。さすが人妻だな」

鼻息を荒くし、今にも坐り込みそうに膝をガクガクと震わせる。こんなやつにさすがと褒められても、少しも誇れない。

（ひょっとして童貞なのかしら？）

経験があるとしても、風俗ぐらいだろう。お金がないのなら、それこそ数えるほどしか、したことはあるまい。

そのせいか、男はこの機会を目いっぱい愉しむつもりになったらしい。

「おい、お前。真帆とかいったな。こっちを見ろ！」

もうひとりの人妻に包丁を向け、強い口調で命じる。

「ううぅ」

嗚咽を洩らしつつ、真帆がこちらを向く。しかし、屹立《きつりつ》が視界に入るなり、また顔を背けた。演技とは思えない。本当に嫌なのだ。

おかげで、女慣れしていない男が、いっそう征服欲を沸き立たせる。

「何やってるんだ。殺すぞっ！　さっさとおれのチンポを見ろ」

脅す声がいっそう大きくなり、真帆の肩がビクッと震えた。

「真帆さん、我慢して。本当に殺されちゃうよ」

沙樹が声をかけたのは、決して辱めたかったからではない。包丁を持つ手が震えを顕著にし、今にも彼女を突き刺しそうだったからだ。怒りに駆られて、何をするかわからない。

「うう……許して」

涙声で懇願しつつ、真帆は猛る牡に視線を向けた。

「いやぁ」

嫌悪ではなく恐怖を浮かべ、涙をポロポロとこぼす。三上は嗜虐心がふくれあがったか、凶悪な笑みを浮かべた。

「おい、真帆。お前はおれのチンポをしゃぶれ」

「え？」

涙で濡れた目が驚愕をあらわにしても、男の命令が覆されることはなかった。

「旦那のチンポだってしゃぶってるんだろ？　だったら、おれのだってできるよな」

まったくもって無茶苦茶な理屈である。だが、チャンスだと沙樹は思った。

(真帆さんにフェラされたら、こいつは有頂天になって油断するはずだわ)

そのことを伝えるべく、沙樹は左手で彼女の手を握った。頑張ってと、無言のエールを送ったのである。

それが通じたのか、真帆が悲愴な面持ちで牡器官に唇を寄せる。生々しい牡臭が不快だったか、眉をひそめて。

そして、充分に接近したところで瞼を閉じ、舌を出して張り詰めた亀頭をぺろりと舐めたのである。

「おおお」

焦らされたぶん、快感はかなりのものだったらしい。三上は喘ぎ、腰を前後に揺すった。

「も、もっと舐めろ」

今にも爆発しそうに、鼻息を荒くする。

一度舌を這わせたことで度胸がついたか、真帆は舌を上下に動かし、赤く腫《は》れた粘膜に唾液を塗り込めた。亀頭全体がヌメリ、鮮やかに発色するまで。

その間、沙樹は右手を動かし続け、機会を窺った。

「おお、気持ちいい。最高だ。やっぱり人妻だな。チンポの扱いがうまいぜ」

などと、いっぱしの口を利く男は、これまで人妻に奉仕された経験などないに違いない。なのに経験者ぶるのが、おかしくてたまらなかった。おそらく、美人妻ふたりにペニスを愛撫され、得意になっているのだ。

（いい気なもんだわ）

ただ、真帆のほうは少しも余裕がないらしい。一刻も早くこの苦難から解放されたいというふうに、眉間のシワを深くしていた。目許《めもと》も頬も涙でぐしょ濡れになっており、痛々しいことこの上ない。

（ちょっと可哀想かも……）

人妻刑事としての覚悟はあるのかと迫ったけれど、いきなり洗っていない牡器官を舐めさせられるのは、さすがに気の毒だ。まあ、洗ってあればいいというものではないが。

（もうちょっと我慢して）

これ以上の辱めを経験した沙樹は、心の中で励ました。わたしのときは、ふたりがかりでヤラれちゃったんだからと。

もっとも、仮にその言葉が彼女に伝わったとしても、到底納得できなかったであろうが。

「おい、いつまで舐めてるんだよ」

三上の声に、真帆がホッとした面持ちで舌をはずす。これで恥辱から解放されると思ったようだ。

ところが、新たな要求が告げられる。

「今度は口に入れてしゃぶるんだ。歯を立てたら殺すからな」

真帆が絶望をあらわにする。それでも、逃れられぬとわかっているのか、諦めの表情になった。

「沙樹、手を離せ」

呼び捨てで命じられ、ムッとする。ならばと、沙樹は手を真下の陰囊《いんのう》に移動させた。キュッと持ちあがったものを、すりすりとさすってあげる。

「おおお、そ、それも気持ちいいぜ」

タマ撫でがかなり気に入ったのか。三上はハッハッと息を荒ぶらせた。

「よし。沙樹はキンタマを愛撫しろ。おい、真帆。早くしゃぶれ。さっさとしないと、ぶち殺すぞ」

快楽にどっぷりとひたる男は、己の急所を握られていることに、何の恐怖も感じていないらしかった。さんざん怯えた姿を見せたから、人妻たちが何もできまいと決めつけているのか。

(今に見てなさいよ)

すぐにでも睾丸《こうがん》を握りつぶしてやりたいのを、沙樹はぐっと堪えた。

今はまだ、凶器を持った彼に反撃される恐れがある。抵抗する間もなく、悶絶させられるチャンスを待たねばならなかった。

すなわち、射精の瞬間まで。

「真帆さん、嫌だろうけどしゃぶってあげて。でないと、わたしたち、ふたりとも殺されちゃうわよ」

泣きべそ声で懇願したことで、こちらの意図が伝わったのではないか。彼女が不愉快そうに唇を歪めたのは、ザーメンを浴びねばならないとわかったからだろう。

それでも、やるしかないと覚悟を決めたようだ。

「ちゃんとおしゃぶりしますから、こ、殺さないでください」

声を震わせて従順な態度を示し、真帆が勃起を手にする。顔を寄せると口を大きく開け、脈打つものを迎え入れた。

「くおおっ」

人妻の温かな口内に分身を含まれ、三上が歓喜の声を張りあげる。膝が笑い、手も震えて包丁を今にも落としそうだった。

悦《よろこ》びの反応に気をよくしたのか、真帆がピチャピチャと舌《した》鼓《つづみ》を打つ。さらに頬をへこませ、頭を前後に振って肉根を唇でこすった。

ぢゅ……ぢゅぷッ。

と、口許から卑猥な音をこぼしながら。

「す、すごくいいぜ。ああ、こんな美人な人妻から、フェラされるなんて」

感動を声に出し、若い牡が一直線に高まってゆく。

おかげで玉袋が縮こまり、睾丸が下腹にめり込みそうだ。それをほじくり出し、優しく揉みほぐすことで、三上はいよいよ終末を迎えた。

「ううう、だ、出すぞ。ちゃんと飲めよ」

身勝手なことを言い、全身をガクガクと前後に揺する。

「お、おおっ、いく——出る」

肉根が雄々しくしゃくり上げる。夫を一途に愛する人妻の口内へ、香り高い牡の樹液を放ったのだ。

射精の証《あか》しで、陰嚢がキュウッと収縮する。

（今だ！）

そのときを逃さず、沙樹はあらん限りの力を振り絞って、牡の急所を握りつぶした。警察学校時代、同期の男たちにも負けなかった握力で。

「うぎゃあああああっ！」

三上が盛大な悲鳴をあげる。まさに天国から地獄へ一直線だったろう。真帆が吐き出したペニスから、白濁液をびゅるびゅるとほとばしらせながら、どさっと真後ろへ倒れ込んだ。

哀れな男は白目を剝いて、悶絶したようだ。ジャガイモみたいにぷっくりしていた陰嚢は、明らかにかたちが変わっていた。

（ちょっとやりすぎたかしら……）

反省しつつ、背後を振り返る。

「真帆さん？」

声をかけたとき、彼女は顔を伏せ、口内発射されたザーメンを吐き出していた。泡立った多量の唾液とともに。

「うう……」

不愉快そうに呻き、顔をあげる。目の周りは、涙でぐしょ濡れだった。

「大丈夫、真帆さん？」

沙樹は憐憫《れんびん》に駆られ、肩を抱こうとした。そのとき、

「てめえ、よくもやりやがったな！」

その声にギョッとして顔を向けると、三上が鬼の形相で立ちあがるのが見えた。

（しまった――）

睾丸の潰し方が足りなかったようだ。それとも、彼のそこが丈夫なのか。ゾンビ並みのしつこさだ。

包丁を握り直した若い男が、「うおおおっ」と叫びながら向かってくる。殺意に目を血走らせて。

「きゃあああッ！」

沙樹は悲鳴をあげて後ずさった。ここはどう対処すべきかを、素早く考えながら。

（ええい、仕方ないわ）

からだを後ろに倒し、美脚をMの字に開く。下半身を脱いでいるから、当然ながらアソコがまる見えだ。

「おおっ⁉」

三上が動きを止める。視線は真っ直ぐ、秘められた部分に注がれていた。さっきは

ここまではっきり見えなかったから、目を奪われたようである。

狙いどおりになり、沙樹はほくそ笑んだ。左脚をピンと伸ばし、オーバーヘッドキックのごとく、男の右手を鞭打《むち》つように、しなやかに蹴りあげる。

「えいっ」

「うわっ」

不意を衝かれて、包丁が宙を舞う。弧を描き、沙樹の後方、かなり遠くまで飛んだ。

「え、え？」

いったい何が起こったのか、三上は理解できなかったようだ。持っていたはずの包丁がなくなった右手を見つめ、茫然となる。

その隙を逃さず、沙樹は右脚も伸ばし、今度は牡の股間を真下から蹴りあげた。

ぐにゅん──。

はっきりした手応え、いや、足応えがあった。握りつぶされた急所が、今度は下腹にめり込んだのである。

「ぐほっ！」

声とも呻きともつかないものを吐き出し、三上が再び床に倒れる。地面に叩きつけられた生き物みたいに、強ばった全身を細かく痙攣させて。

「ふう」

沙樹は立ちあがり、ひと息ついた。

仰向《あおむ》けにひっくり返った三上の顔は、赤黒く変色していた。かなりの苦痛を味わったのではないのか。

彼の股間にあるのは、射精して縮こまった陰茎のみ。玉袋はどこにも見えない。完全にめり込んだようだ。

(さすがにもう立てないわね)

ホッとして真帆を振り返る。すると、彼女が涙目で立ちあがり、こちらに足を進めた。

「大丈夫?」

訊ねても、何も答えない。

無理やりフェラチオをさせた男を見おろして、真帆がクスンと鼻を鳴らす。さすがに憐れみを覚えたのかと、沙樹は彼女の心中を察した。

ところが、そうではなかった。

真帆が無言で右足をあげる。それを萎《な》えたペニスめがけて、勢いよく下ろしたのだ。

「ぷぎゃッ!」

気絶していたはずの三上が、踏み殺された動物みたいな声を上げる。手足をピクピクと震わせ、泡を吹いて動かなくなった。

あまりのことに、沙樹は茫然自失の体であった。目の前で何が起こったのか、すぐには理解できなかった。

真帆が顔をあげる。目が合うなり、

「今のは正当防衛ですからね」

無表情で言い放ったものだから、背すじがゾクッとした。

(このひと、やっぱりキレたら怖いんだわ)

彼女には絶対に逆らうまい。固く決心する沙樹であった。

第三章　誘惑

1

「え、あの子たちは？」

真帆はかつての同僚に訊ねた。すると、彼女が不愉快そうに眉根を寄せる。

「薬物売買の容疑で逮捕したんだけど、証拠不充分で釈放されるのよ」

ふたりの視線の先には、警察署のロビーを歩く若い男たちのグループがいた。十名ほどの二十歳《はたち》前後と思《おぼ》しき、今風のファッションをまとった若者たちである。いかにも渋谷あたりにたむろしていそうだ。

(この子たちが薬物売買……)

なるほど、生意気で物怖じしなさそうな、不良っぽい者もいる。だが、全部が全部そうではない。

特に真帆の関心を引いたのは、まだ十代であろうか、気弱そうな少年であった。彼だけが白いシャツにジーンズで、地味な服装は周囲から浮いている。髪も染めていない。

他の仲間たちが声高に談笑する中、彼はひとりだけ黙りこくり、俯きがちで一番後ろを歩いていた。ぱっと見、無理やり仲間に引っ張り込まれたふうである。

(あの子、本当に仲間なのかしら?)

もっとも、ああいう連中は、見た目だけでは判断できない。

ここS県警で少年犯罪を担当したときに、真帆は嫌というほどそれを思い知らされた。真面目で誠実そうな少年に、いったい何度裏切られ、落胆させられたことか。

今日、真帆はたまたま近くまで来る用事があり、いい機会だからと、かつての同僚を訪ねてS県警に寄ったのである。

彼女は友人であり、結婚式にも呼んだ仲だ。ロビーで互いの近況を報告し、昔を懐かしんでいたときに、くだんのグループと遭遇したのである。

「ああいう連中がいるってことは、S県にもかなりの薬物が出回ってるの?」

心配になって訊ねると、友人は「んー」と首をひねった。

「おそらく、これからってところじゃないかしら」

「え、これから？」

「あいつら、もともと都内で暗躍していたグループなのよ。渋谷、新宿、池袋から赤羽まで、手広くやってたみたいよ」

「へえ」

つまり、越境して捕まったというのか。

「そいつらが、いよいよS県に乗り込んでくるって情報があって、水際で止めようとしたのよ。だけど、焦って先走っちゃったみたい。いざ捕まえてみたら、あいつら合法的なクスリしかもってなかったのよ」

「じゃあ、こっちが罠にかかったってこと？」

「そういうこと。結局、手の内がバレて終わりよ。おそらく、それが連中の狙いだったんでしょうね。どうすればうまくいくのか、わざと捕まることで調べたんだわ」

「かなりの知能犯なのね」

「おまけに、向こうにはやり手の弁護士がついていて、そいつにねじ込まれて即釈放ってわけ。ったく、悔しいったらないわ」

憤《いきどお》りをあからさまにする友人を、真帆は「大変ね」とねぎらった。

「わたしなんかよりも、組対《そたい》（組織犯罪対策局）のひとたちはもっと悔しいでしょうね。実は、捜査情報が漏《も》れてたんじゃないかって、イヤな噂もあるのよ」

「え、本当に？」

「事実かどうかはわからないけど。あと、今回の逮捕者の中にはいなかったんだけど、メンバーには有名な政治家の息子がいるなんて情報もあって、だから捕まらないんじゃないかとか、今回あいつらを釈放させた弁護士も、その政治家が雇ってるんじゃないかとか、きな臭い話だらけなのよ」

それはかなりタチが悪そうだと、真帆は暗澹《あんたん》たる気分に陥った。

すでに県警を退職し、住まいも都内に移っている。だが、S県は生まれ育った故郷なのである。

距離を考えても、さほど遠く離れたわけではない。隣県であり、目と鼻の先だ。それゆえに、故郷を悪に染めようとする輩は許しがたかった。

だからと言って、今の自分に何ができるだろうか。

鍋島から私設捜査官として雇われ、人妻刑事となって捜査に当たっている。しかし、請け負う犯罪は都内の案件に限られていた。鍋島が都の公安委員長なのだから、それも当然だ。

（だけど、あのグループは、もともと都内で暗躍してたのよね）

ならば、捜査することは可能かもしれない。あとは鍋島が、彼らのケースを捜査対象にするかどうかである。

（わたしからお願いしてみようかしら）

たまにはいいのではないかと、真帆は思った。

雇われ刑事といえども、ただ命令に従うだけでなく、もっと積極的に事件に当たってもいいはずだ。現に、コーヒーショップに立てこもった男を、その場の判断で逮捕に導いたのだから。

もっとも、あの事件に関しては、危うく過剰防衛で起訴されるところであった。

（オチンチンを踏みつけたのは、確かにやりすぎだったかもしれないわね……）

今さらながら反省する。

沙樹があの男の急所を握りつぶし、さらに蹴りあげたことに、真帆は気がついていなかった。おぞましいものを咥えさせられ、口の中にドロドロしたナマぐさいものまで出され、頭が真っ白になっていたからだ。

そのため、ひっくり返っていた彼を目にするなり怒りがこみ上げ、この世から消えてほしいと願ったのである。特に、不愉快極まりない男性器は。すでにダメージを受けていたとは知らず、ほとんど衝動的に踏みつけてしまった。

立てこもり犯から辱《はずかし》めを受けた被害者ということで、真帆も沙樹もメディアに名前が出ることはなかった。これは、先の売春捜査のときも同じである。

犯人が生殖器を負傷し、男性機能に甚大な損害を受けた件は報道されたが、これに関して、世間は快哉の声を上げた。通り魔的な犯行が多い昨今ゆえか、自業自得であり、もっと痛い目に遭わせてやればいいという意見すらあった。

最終的に真帆の行動は、辱めを受けたせいでパニックに陥り、無意識にとったものだと認められた。また、咎《とが》められることのないよう、鍋島も手を回してくれたそうである。

その件は無事に終わったものの、やりすぎて名前が世に出るようなことになったら、隠密的な捜査活動ができなくなる。これからは慎重に行動するようにと、鍋島からは注意を受けた。

それでも、真帆が素直に謝ると、彼は大変だったねとねぎらい、特別のボーナスを出してくれた。いや、いっそ見舞金というべきか。下半身裸にさせられるなど、同じく辱めを受けた沙樹も、同じ額をもらったようである。

そういえば、近ごろ沙樹のこちらを見る目が変わった気がする。

彼女によると、ペニスを踏んだあとに、自分は正当防衛だと主張したらしい。しかし、真帆はまったく憶えていなかった。やはり我を忘れていたようである。

ともあれ、そのせいでキレたら怖いと思われたらしい。けれど、睾丸を素手で握りつぶした沙樹のほうが、よっぽど野蛮だ。

(あのひと、痛かったでしょうね)

などと、己のやらかしたことを棚に上げて、犯人に同情する真帆であった。まさにタマらない痛みだったろうと。

(――って、そんなことはどうでもいいのよ)

終わったことを、あれこれ蒸し返している場合ではない。

薬物売買の件を捜査するのであれば、まずは鍋島に必要性と緊急性を訴える必要がある。それにはグループに関する資料が必要だ。

「ねえ、お願いがあるんだけど」

真帆は友人に両手を合わせた。

「え、なに？」

「今の薬物売買グループについて、資料があったら見せてもらえない？」

「それはかまわないけど……どうして？」

「わたしも心配なの。薬物って、人間関係を利用して広まるじゃない。自分は気をつけてても、いつの間にか隣のひとがってこともあるし。ほら、こっちには両親も、兄夫婦の家族もいるから、注意するように言っておきたいのよ」

当たり障《さわ》りのない理由を述べると、彼女はなるほどという顔でうなずいた。

「確かにそうね。わかったわ。組対だけが摑んでる情報もあるし、全部は無理だけど、わかる範囲で調べて、あとでメールするわね」

「助かるわ。ありがとう」

「どういたしまして」

引き受けてもらえて、真帆は安堵した。持つべきものはやっぱり友達だと、心の中で感謝する。

「あ、ところで、旦那さんの具合はどう？」

友人が心配してくれる。夫の事故のことは、彼女にも話してあった。

「うん。退院はまだだいぶ先だけど、少しずつリハビリもしているし、本人はけっこう元気なの。病院は退屈だって、よく愚痴ってるわ」

「そこまで言えるのなら大丈夫ね」

笑顔を見せた友人が、ふと首をかしげる。

「旦那さん、骨折だったよね。何カ所？」

「ええと、右腕と両脚と、あと尾骨や骨盤もでしょ。それぞれで何カ所も折れてるから、数え切れないわ。頭蓋骨にもヒビが入ってるし」

「あー、それは大変ね。リハビリもきつそうだわ」

「うん。わたしが見てるときはそうでもないんだけど、いないときは悲鳴をあげっぱなしなんだって。看護師さんに教えてもらったの」

「ふうん。奥さんにはみっともないところを見せたくないのね」

彼女はなるほどという面持ちを見せてから、なぜだか声をひそめた。

「それじゃあ、アッチのほうは大丈夫なのね」

「え、アッチって？」

「子作りに支障はないのねってこと」

意味ありげな眼差しに、真帆は頰を火照らせた。

「ちょ、ちょっと、ヘンなこと言わないでよ」

「ヘンじゃなくて、重要なことよ。だけど、大丈夫なんでしょ？」

「そりゃ……骨折だけだから、他のところは問題ないわ」

「へえ、問題ないってことは、使いものになるかどうか試したのね」

含み笑いで断定され、真帆は穴があったら入りたかった。

「た、試したっていうか、使えるのは左手だけだし、からだを動かすだけで痛いっていうから、わたしが――」

弁解しようとして、余計なことを言いかけてしまう。

「うう、もう」

ニヤニヤする友人を、真帆は涙目で睨みつけた。

「次は少々難しい捜査になるかもしれない」

そう言って、鍋島が沙樹と真帆にファイルを渡す。例の「総合調査開発産業」の社長室で。

（あ、これって――）

開いてすぐに、真帆は気がついた。あの薬物売買グループの件なのだと。

実は、彼女も資料を持参していた。ところが、S県警の友人からメールで送られたものは、あまりに情報が乏しかった。かなりの部分を組対が押さえ、ほとんど見られなかったというのである。

《やっぱり知られたくないことがあって、県警内でもデータを共有できないのかもし

れないわ》

彼女のメールには、そう書き添えられてあった。捜査情報が洩れたこととか、もしくは政治家の息子が関わっている可能性があることが原因かもしれない。

必要な情報が得られないとなると、捜査は困難である。そのため、真帆は鍋島に提案するのをためらっていた。

それがまさか、彼のほうから捜査を依頼してくれるなんて。

俄然《がぜん》乗り気になった真帆である。ところが、沙樹は違った。開いたファイルを、不愉快そうに眺めている。

「見てのとおり、薬物売買の捜査だ。都内で手広くやっているグループで、隣のS県にまで手をのばそうとしているらしい。扱っているのは大麻、覚醒剤の他、脱法ドラッグと幅広い」

鍋島の説明に、真帆はうんうんとうなずいた。それについては、友人に送ってもらった資料にもあったのだ。

「特徴的なのは構成人員で、ほとんどが二十代前半と若い。中には十代もいる。そのため、客も若い世代が多く、大学生のみならず高校生にまで売りさばいてるんだ。早急に手を打たないと、さらに若い層にも薬物が広まる恐れがある。中学生や、幼い子供たちにまで」

「あの――」

沙樹が話を遮《さえぎ》るように手を挙げた。

「何だね？」

「どうしてわたしたちがこの件を担当しなくちゃいけないのか、わからないんですけど」

彼女は明らかに不服そうだ。是非ともこれを捜査したいと考えていた真帆は、（え、どうして？）と訝《いぶか》った。

「わからないというのは？」

鍋島も怪訝そうに眉をひそめる。

「組織売春の件は、人妻専門のところだから、わたしたちが潜入できたわけです。その前の痴漢も、女性ということで囮《おとり》になれました。だけど、この薬物売買グループについては、わたしたちが捜査をする意味がないように思えるんですけど。べつに、麻薬が主婦層に広まっているわけでもなさそうですし」

沙樹の指摘に、真帆は（あ、確かにそうかも）と唇を歪めた。

グループがS県に進出しようとしていると聞き、彼女は何とかしなくちゃと思ったのである。要は個人的な理由からだ。人妻である自分たちが捜査をする必然性など、考えもしなかった。

「うむ……それは確かにそうなんだが」

鍋島も歯切れが悪い。どうしてこの案件を持ってきたのか、真帆も気になった。

「だったら、どうしてわたしたちなんですか？」

沙樹に続いて、口を挟んでしまう。

「つまりだな、この連中が多く扱うのが、ＭＤＭＡといったセックスドラッグや、レイプドラッグなんだよ。そんなものが蔓延《まんえん》したら、世の女性たちにとって脅威じゃないか。私は、娘や孫たちが心配で――」

そこまで言って、エヘンと咳払いをする。彼も個人的な理由から、捜査を依頼したというのか。

しかし、沙樹は他に気になることがあったようだ。

「ひょっとして鍋島さんは、わたしたちが囮になってレイプされるか、ドラッグ漬けになるかして証拠を掴めばいいと考えてるんですか？」

「まさか」

鍋島が即座にかぶりを振る。

「私は、売買グループの構成員から、君たちが相応しいと考えたんだ」

「え、どういうことですか？」

「連中は、みんな若い男たちだ。つまり、仲間やお客以外の男をひどく警戒する。普通の捜査官が接近を試みても、すぐに逃げられてしまうんだ」

それもそうねと、真帆はうなずいた。

「その点、君たちのように年上の美しい女性なら、やつらも油断するだろう。手なずけるのも楽じゃないかと思ったんだ」

これに、沙樹が眉間のシワを深くする。

「それって、わたしたちが色仕掛けで、連中を誘惑するってことですか？」

「う――」

返答に詰まったところをみると、本当にそのつもりでいたらしい。

「……まあ、そこまで言うと語弊があるが、君たちには君たちにしかできない方法で、その、連中を懐柔してもらえればと」

鍋島が暑くもないのに汗を拭く。やはり人妻の色気でということなのか。

（そりゃ、捜査はしたいけど、誘惑っていうのはちょっと……）

真帆は我知らず眉をひそめた。そもそも若い子を手なずけた経験がないし、うまくできるとは思えなかった。

もっとも、沙樹は女を武器にすることそのものには、抵抗を感じていないらしい。

「まあ、命令には従いますし、やれと言われれば誘惑でも色仕掛けでもしますけど。これまでもそうだったわけですから」

そう言いながらも、彼女がうんざりという顔つきでため息をつく。この反応に、鍋島が身を乗り出した。

「ん、何かまずいことでもあるのかね？」

「相手が若すぎるんですよ。十歳も下じゃないですか。絶対にわたしたちのこと、ババア扱いしますから」

沙樹が渋い顔で答える。忌《い》ま忌ましげに小鼻をふくらませたところを見ると、過去にそういうことがあったのだろうか。

「いや、高宮君はまだまだ若い。何より美人だから、若い男はむしろメロメロになるんじゃないかね？」

鍋島の褒め言葉にも、「そうでしょうか」と疑心暗鬼の口振りだ。

（沙樹さん、ひょっとして近所の子に、『オバサン』って呼ばれたのかしら？）

真帆はふと思った。自分も、甥っ子に初めて「おばさん」と呼ばれたときに、いささかショックを受けたからだ。その言葉が、父親の妹で「叔母」という意味だとわかっていても。

ともあれ、すんなりいきそうにない雰囲気に、鍋島が困った顔を見せる。

「ところで、千草君はどうかね？」

話を振られて、真帆はうろたえた。

「あ、えと」

落ち着いてと自らに言い聞かせ、深呼吸をする。

「――実は、先日S県警に寄ったとき、友人からこの件について教えられて、捜査したいと思っていたんです。S県はわたしの地元でもありますし、薬物が蔓延してほしくありません。何より、若い世代が犯罪の被害者はもちろん、加害者になるのは許せないんです」

気持ちを正直に伝えると、彼は満足げにうなずいた。ところが、

「それじゃあ、真帆さんは、この子たちを誘惑できるの？」

ファイルの容疑者一覧を指差した沙樹に訊ねられ、真帆は「それは……」と口ごもった。

とりあえず、薬物売買グループの捜査をすることになったものの、その方法については課題がありそうだ。

2

(うーん、誘惑かぁ)

夫の待つ病院へ向かう道すがら、真帆は小さくため息をついた。

沙樹は、相手が若者ということで渋っていたものの、色仕掛けでターゲットを落とすことについては、異論はなさそうだった。痴漢を捕まえるための囮にもなったというし、もともとからだを張る心づもりはあるらしい。

現に真帆も、彼女から問われたことがあったのだ。危ない目に遭うかもしれないが、刑事を続ける覚悟があるのかと。

危ない目というのは、単純に悪に立ち向かう上での危険性ではない。女性としてという意味だ。このあいだの立てこもり犯に強要されたことが、まさしくそれだったわけである。

あの場はどうにか切り抜けたものの、自分からそういう状況に身を置こうとは思わない。できれば二度とご免である。

とは言え、この任務を続ける以上、避けられないことではある。

（鍋島さんは言葉を濁してたけど、やっぱり女を武器にして事件を解決させるために、わたしたちを雇ったのよね）

そうでなければ、人妻にこだわる必要はないはずだ。

そのことは、いちおう理解していたつもりだった。また、人妻売春組織に潜入したときも、今後もこういう捜査がメインになるのだろうと思った。

しかしながら、あのとき沙樹が陵辱されたのは、想定していた流れではなかった。組織に潜入したのは、あくまでも証拠を摑むためだったのである。決して囮になろうとしたわけではない。

立てこもり犯のときのように、思いもかけず辱めを受けるのは、歓迎はしないけれどやむを得ない。だから諦めがつく。

けれど、最初から誘惑目的で容疑者に近寄るのは、明らかに趣旨が異なっている。

それだけに罪悪感も大きい。

誰よりも、夫に対して。

鍋島の会社に、刑事として雇われたことは秘密にしているし、どんなことがあっても話すつもりはない。大っぴらにできない存在であり、その意義と必要性を納得しているからだ。

しかし、捜査方法に納得がいかないとなると、隠すことがつらくなる。というより、今後も続けていける自信がない。

（まあ、あのグループの子たちを、誘惑するって決まったわけじゃないんだから）

鍋島のところを出たあと、沙樹と捜査方法について話をしたのである。とりあえずは連中の動きを探り、具体的な取り組みはそれが明らかになったあとで検討することになった。

そのとき、沙樹はこう言った。

『誘惑するにしても、手当たり次第ってわけにはいかないわよね。ああいう連中は結束が堅いから、ちょっとでも弱いところを見つけて、そこを突き崩すしかないわ』

要は、その弱いところ――落ちそうなメンバーを見つけたら、色仕掛けで言いなりにさせるつもりなのだろうか。

（そうなったら、沙樹さんに任せたほうがいいわね）

彼らにババア扱いされるなどと自虐的なことを言ったけれど、少なくとも実年齢も、それから見た目も、彼女のほうが若いのだ。自分の出る幕ではないと、真帆はひとりうなずいた。

何よりも、夫を裏切りたくない。

病院に着くと、真っ直ぐ外科病棟へ向かう。ナースステーションに寄って挨拶をしてから、夫の病室へ行った。

「やあ、いつも悪いね」

妻の顔を見るなり、ベッドでからだを固定されている夫——和之《かずゆき》が、照れくさそうに頬を緩ませる。

「ううん。具合はどう？」

真帆も笑顔で訊ねた。愛するひとを前にして、胸に巣くっていたあれこれが、すっと消えるのを覚えながら。

「だいぶいい感じかな。今日は痛みもそんなにないし」

「そう？　看護師さんは、今日のリハビリですごい悲鳴をあげられて、大変だったたって言ったけど」

「本当に？　チッ、黙っててくれって言ったのに……」

「え、どうしたの？」

「ああ、いや、何も」

頭から爪先まで、あちこちをギプスで固定され、包帯を巻かれた夫の姿は痛々しい。だが、顔色がよく、表情が明るいのが救いだった。

和之は骨折の箇所が多く、治療などの処置も大部屋では難しいため、今は個室である。リハビリも、負傷した箇所に負担をかけず、動かせるところを動かすという簡単なものなので、この部屋で行なっていた。

今後、快方に向かえば、四人ないし六人部屋に移ることになる。ナースステーションで、真帆は看護師からそう伝えられた。早ければ、二週間後ぐらいにはと。

そのことを伝えると、和之はあからさまに落胆を浮かべた。

「えー、大部屋に移るのかぁ」

「しょうがないじゃない。ていうか、良くなりたくないの？」

「そんなことはないけど……」

「だったら、何が嫌なの？」

「大部屋だと、真帆からサービスしてもらえないじゃないか」

これに、同い年の妻は頬を火照らせた。

「な、なに言ってるのよ、バカ」

「いや、おれにとっては大問題なんだけど」

ニヤニヤ笑いを浮かべられ、ますます顔が熱くなる。

結婚して四年。付き合っていたときと、それから新婚時代は、それこそ毎日のように求め合った。

それはもっぱら和之からであったが、真帆もおねだりをしたことがある。性の歓《よろこ》びに目覚めたためもあるし、スキンシップがほしかったからだ。

けれど、さすがに結婚して三年を過ぎた頃には、夫婦の営みが減った。倦怠期とまではいかずとも、前戯にかける時間も短くなって、少々もの足りなく感じていたのは否《いな》めない。

そのせいもあって、真帆は半年前ぐらいから、再就職やパート勤めを考えていたのである。家事は好きだったし、夫に尽くすため専業主婦を選んだものの、ただ家にいるだけの生活を持て余していたのだ。

ところが、和之が事故に遭ったことで、状況が一変した。

幸いにも命に別状はなく、必要な補償も得られた。ところが、収入が激減し、生活上の不安が生じた。

そのため、鍋島から捜査官としてスカウトされたとき、渡りに舟と引き受けたのである。

まだそれほど捜査はしていないが、立てこもり犯の件など嫌な目にも遭う一方で、久しぶりに悪人を懲らしめて、充実感も味わっていた。自分たちの捜査で、被害者がひとりでも減るのであればやり甲斐がある。

夫の事故の直後は右往左往したものの、刑事としての新たな生活は、真帆を生き生きとさせていた。まさに、災い転じて福となすと言える。

夫が入院したことで、もうひとつよかったことがある。夫婦仲が、以前にも増してよくなったのだ。

真帆のほうは、もしかしたら命を落としたかもしれないと考えることで、夫への愛を再認識した。自分にとってかけがえのない存在だとわかり、熱心に看病をした。

和之のほうも、痛みや回復への不安から、何かと妻に頼りがちだ。子供みたいに甘えることも多い。

彼がそんなふうに振る舞うことで、真帆の母性本能もくすぐられる。おかげで、さらにお世話したい気持ちになった。どんなことでもしてあげたいと思うほどに。

そうやってお互いを必要とし、大切な存在だと認識することで、夫婦としての一体感が増す。加えて、新たな発見もあった。

入院するまでの和之は、仕事第一の真面目な人間だった。しかし、しばらく現場を離れることになり、男としての素の部分が出てきたようなのである。

彼は意外に性欲が強く、好色でもあった。ベッドで寝ているだけの生活が、それを招いた部分もあったろう。退屈だし、仕事で疲れることがないぶん、精力が溜まってしまうようだ。

S県警の友人が匂わせたように、真帆は病室で、夫のシモの世話もしていた。排泄関係は主に看護師さんがしてくれたから、それ以外のものを。

早い話が性処理だ。手やお口で射精に導き、スッキリさせてあげるのである。

大部屋に行くと、それがままならなくなるから、和之は落胆したのだ。まあ、カーテンで四方を覆えば、できないわけではないが。

「ねえ、今いいかい？」

夫にお願いされ、真帆は眉をひそめた。

「え、今？」

「うん」

「もうすぐ夕食なんじゃないの？」

「だから、食前の運動みたいな感じで」

「もう」

あきれつつも、真帆は彼の入院着の前を開いた。いつしてあげるかはともかく、最初からそのつもりで来たのである。

排泄の処理をしやすいように、下着は穿いてない。そのため、すぐにペニスがあらわになる。すでに期待が高まっていたようで、半勃《はんだ》ち状態であった。

「あら、看護師さんに清拭《せいしき》してもらったの？」

陰部が清められた痕《あと》がある。匂いもほとんどなかった。

「うん。一時間前ぐらいに」

「そう」

真帆の胸も高鳴る。だったらお口でしてあげられると思ったのだ。まあ、仮に清拭後でなくても、ウエットティッシュで綺麗にすればいいだけだ。

立てこもり犯の若い男に口淫を強要されたあと、しばらくは夫の性器を目にすると、そのときのことが思い出された。けれど、こうして秘密の奉仕を重ねることで、嫌な記憶はすっかり薄らいだ。

愛しいひとのモノは、やはり特別なのだ。嫌悪感などないし、むしろときめきを禁じ得ない。気持ちよくしてあげたいと、尽くしたい気持ちが胸に湧きあがる。

ふくらみかけの筒肉に指を回し、包皮をスライドさせる。五回も往復すると、牡器官は最大限に膨張した。

「あん、元気」

逞《たくま》しく脈打つものを手に、胸が高鳴る。秘部が熱く潤うのもわかった。

とは言え、さすがにこんなところでセックスはできない。いや、仮にできたとしても、負傷した箇所が悪化するであろう。それこそリハビリ以上に、和之は悲鳴をあげるに違いない。

ここは自らの欲望を抑え、奉仕に徹することにする。ゆるゆるとしごいてあげると、夫が息をはずませた。

「ああ、気持ちいいよ」

うっとりした顔を見せるのが、同い年とは思えないほどに可愛い。

手の上下運動が緩やかなのは、焦らしているわけではない。大怪我をしたからだに障らないよう、注意しているのだ。激しくすると、快感以上に激痛が生じるから。

赤く紅潮した亀頭の尖端、魚の口みたいな鈴割れに、透明な雫《しずく》が盛りあがる。滴《したた》ったそれが上下する包皮に巻き込まれて、クチュクチュと音を立てた。

そんなところを目にすると、いっそうたまらなくなる。

真帆もかなり濡れていた。ベッド脇の丸椅子に腰掛け、たわわなヒップをくねらせると、秘芯がクチュッと音を立てる気配がある。

彼が入院する以前は、閨房《けいぼう》で愛撫を交わしても、ここまで昂ぶらなかったのである。病室でペニスをしごくという背徳的なシチュエーションが、貞淑《ていしゅく》なはずの人妻を淫らにさせるのか。

「ねえ、口で」

荒くなった呼吸の下から、和之がねだる。真帆は無言でうなずくと、夫の股間に顔を伏せた。

看護師に清められたあとでも、わずかに男くささをたち昇らせる屹立。肉色を濃くしたそれを、真帆はためらうことなく頬張った。

「うう」

切なげな呻きが聞こえ、腰が浮きあがる。続いて、「イテっ」と声がした。骨折したところに痛みが生じたのか。

(あまり昂奮しないでね)

心の中で注意して、舌を強ばりに巻きつける。ヌルヌルとこするように舐めてあげると、彼が「ああ、ああ」と喘いだ。

口内で脈打つ逞しいものに、からだの芯がますます疼《うず》く。このままではおかしくなってしまいそうで、真帆は舌を大きく動かした。

(早くイッて)

と、胸の内で願いながら。

ピチャピチャ……。

口許からこぼれる舐め音にも、幻惑されそうな心地がする。クロッチの裏地は、もはやヌルヌル状態だ。

「ああ、いいよ。もうすぐだ」

和之の喘ぎ声にも励まされ、剛直を一心に吸いしゃぶる。

「あ、あ、出るよ。いく――」

香り高い牡汁が、勢いよくほとばしる。次々と溢れるものを、真帆は舌で巧みにいなし、喉の奥へと流し込んだ。

「ふう……」

夫の食器を廊下の配膳車に戻し、真帆は深く息をついた。

彼は左手しか使えないため、食事の介護が必要である。それでも、まったく動かないと後々の生活に支障が出るため、リハビリも兼ねて、スプーンを使って左手で食べる練習もしていた。

ところが、妻がいるときには、和之はとかく甘えがちである。真帆のほうもお世話がしたいから、今日は最初から最後まで食べさせてあげた。

病院の食事は味も薄めだし、手放しで美味しいと称賛されるものではない。にもかかわらず、他に楽しみがないものだから、彼はひと口ひと口に目を細め、舌鼓を打った。

そんな夫を前にしても、真帆のほうは一向に食欲が湧かなかった。ザーメンをたっぷりと飲まされたためもあったろう。

(今日は、いつもよりいっぱい出たみたい……)

噴出をお口で受け止めたときの感触を反芻《はんすう》し、悩ましさを覚える。ほぼ毎日お見舞いに来ているし、その度に出してあげているから、精子が充填《じゅうてん》される暇などないと思うのだが。

(まさか、看護師さんにオチンチンを拭かれたときに、大きくなったりしなかったでしょうね?)

そんなことも心配になる。

和之には食事をしてくると告げて、病室を出たのであるが、何も食べられそうにない。とりあえず飲み物でも買おうと、真帆は自動販売機があるエレベーターホールへ向かった。

入院病棟はエレベーターホールを中心にして、西側と東側で診療科目が分かれている。このフロアは外科病棟が東側で、西側は内科病棟であった。

（あら？）

缶コーヒーを買ったあと、何気に内科病棟へ視線を向けた真帆は、見覚えのある顔にドキッとした。

まだ十代と思しき少年である。食事の済んだトレイを、配膳車に下げるところであった。

入院患者ではないのは、シャツにジーンズという普段着姿であることから明白だ。そうすると、身内か知り合いが入院しているのか。

その少年は、S県警に友人を訪ねたときに見かけた、あの薬物売買グループのひとりであった。

（確か、西野昭夫《にしのあきお》君だったわね……）

友人や鍋島から示された資料に、顔写真と名前があった。年齢は十九歳。

メンバーは他に十名ほどいたのに、顔を見ただけでその子だとわかったのは、最初に見かけたときから気になっていたからだ。他の面々とは明らかに異なる、気弱そうな面立ちや素振りが。

気がつくと、真帆は内科病棟のほうに足を進めていた。薬物売買の件を調べるためというより、昭夫自身のことが気になったのである。

彼が入った病室は、四人部屋のようだ。外に表示された入院患者のプレートを見ると、西野姓の女性の名前があった。

(お母さんかお祖母ちゃん……それともきょうだいかしら?)

確認したくとも、ドアが閉まっているため中を覗けない。

間違ったフリをして中に入ろうか。そう考えたとき看護師がやって来たので、真帆はドアの前から離れた。

「あら、千草さん」

声をかけられてギョッとする。見ると、外科病棟で顔見知りの看護師だった。内科のほうも担当しているらしい。

「あら、こんばんは」

平静を装って挨拶をすると、「こんばんは」と返される。それから、

「どうかしたんですか?」

と、訊ねられた。

「ええ。実は、通りかかったら知りあいと同じ名前を見つけたものですから、ひょっとして彼女なのかと気になったんです」

真帆は咄嗟に作り話をした。

「そうだったんですか。どの方ですか？」

「この病室の、藤井《ふじい》さんという方です」

あとのことも考えて、本当に知りたい人物とは別の名前を告げる。

「でしたら、ご確認なさったらいかがですか？」

「いいんですか？」

「ええ、かまいませんよ」

看護師がドアを開けてくれる。真帆は「すみません」と一礼して、病室内に顔を入れた。

昭夫はすぐに見つかった。手前側のベッドで、入院患者である女性と談笑している。リクライニングさせたベッドに上半身をあずけ、口許をほころばせている彼女は、四十代ぐらいに見えた。顔も昭夫と似ているし、おそらく母親であろう。

そこまで確認してから、真帆は顔を引っ込めた。

「すみません。ひと違いでした」

一礼して謝ると、看護師は「そうでしたか」とうなずいてドアを閉めた。

「でも、よかったですね」

「はい。彼女が入院していたらどうしようって、心配でしたから。本当にありがとうございました」

「どういたしまして。それに、この病室だと、尚さら大変でしょうしね」

「え、どうしてですか？」

「ここは、比較的症状の重い患者さんが入ってるんですよ」

「まあ」

驚きを浮かべつつ、真帆は密かに納得していた。昭夫の母親は顔色が悪く、微笑も弱々しかったのである。

(お母さんが重病だと大変ね)

ただ、病室の昭夫は、明るい笑顔を見せていた。おそらく母親を元気づけるためであったのだろう。

健気《けなげ》ないい子だなと思ったものの、だったらどうして悪い仲間といるのかと疑問が湧く。しかも、麻薬や違法薬物の売買という、重い犯罪に手を貸しているのだ。

いくら未成年でも、年齢と罪質を考えれば逆送《ぎゃくそう》（検察官送致）され、刑事処分を科せられる可能性だってある。そうなったら、母親はどんなに悲しむであろう。きっと病気が悪化するに違いない。

もう一度看護師に礼を述べ、真帆はエレベーターホールに戻った。そこには休憩用の長椅子があり、雑誌も置いてある。

椅子に腰掛けて缶コーヒーを飲み、真帆は悩んだ。

（もしもわたしたちの捜査であのグループが逮捕されたら、あの子も一蓮托生《いちれんたくしょう》ってことになるのよね……）

病気の母親のことを考えると、できれば避けたい。しかし、薬物売買グループを放っておくこともできないのだ。

まだ仲間になって日が浅いのであれば、やり直しができるのではないか。グループが逮捕される前に、抜け出させるのが一番なのだが。

（やっぱり、一度話を聞くべきよね）

西野昭夫は、根っからの悪人ではない。最初は見た目では判断できないと思ったが、病気の母親と話す姿を見たことで考えが変わった。絶対に何か事情があるのだと、真帆は確信していた。

一度声をかけてみようと思ったとき、エレベーターホールにあの少年――昭夫がやって来た。

「あ――」

思わず声を洩らした真帆に、彼は怪訝そうな眼差しを向けつつも、ぺこりとお辞儀をする。自分と同じように身内が入院しているのだと思い、ねぎらう気持ちからそうしたのではないか。

(やっぱりいい子だわ)

昭夫は自動販売機で炭酸飲料を買うと、真帆が坐っている長椅子の横並びにある、もうひとつに腰掛けた。プルタブを開けて喉を潤し、それから前屈みになってため息をつく。病室での笑顔が嘘のように、疲れ切った表情をしていた。

これは話をするチャンスだ。

「あなたもお見舞いなの?」

笑顔で訊ねると、昭夫が驚いた顔を見せる。それでも、年上を敬《うやま》う心掛けができているらしく、姿勢を正した。

「はい。母が入院しているんです」

「まあ、お母様が? 大変ね」

「いえ……」

「ウチは主人が入院しているの。外科病棟に。来週で一ヶ月になるわ」

「そうなんですか」

真帆は問われもしないのに、夫の怪我の具合などを話した。こちらが心を開けば、彼のほうも話してくれるであろうと信じて。

いきなり話しかけてきた年上の女を、昭夫は疎《うと》まなかった。話を聞き、相槌を打ってくれる。あるいは誰かと話すことで、気を紛らわせたかったのか。

「わたし、だいたい毎日主人のところへ来てるんだけど、あなたとここで会うのは初めてよね？」

「そうですね……」

「じゃあ、お母様は入院して、まだ日が浅いの？」

「一週間ちょっとです。ただ、もともとからだが弱いので、入院は初めてじゃないんですけど」

「そうなの。どこがお悪いの？」

「今回は、肝臓の数値が良くないので入院することになったんです」

今回はということは、からだのあちこちに持病があるのだろうか。

「退院はいつ？」

「まだわかりません。良くなったらとしか教えてもらっていないので」

そう話した昭夫の表情は、殊《こと》のほか暗かった。それだけ母親のからだを気遣っているのである。

だとすれば、尚さら悪い連中と手を切らせなければならない。

「お父様は？」

「……いません」

「え？」

「おれが小さいときに、両親は離婚したんです」

そうすると、母子家庭なのか。

「ごきょうだいは？」

「いません」

「それじゃあ、あなたひとりで、お母様のお世話をしているの？」

「お世話っていうか……だいたいのことは看護師さんがやってくれますから、おれはこうして見舞いに来るぐらいです」

だが、母ひとり子ひとりとなると、精神的な負担がかなり大きいのではないか。それから、金銭面でも。

そこまで考えて、真帆はハッとした。

(ということは、お母さんの入院費用を稼ぐために、あのグループに入ったんじゃないかしら)

自分からそうしたのか、それとも、困っているところを付け込まれ、引っ張られたのか。おそらく後者ではないかと、真帆は睨んだ。

「あなた、学生?」

「いえ、働いてます。日雇いとか、短期のアルバイトがほとんどですけど」

ちょっとでも稼ぎのいい仕事を選び、肉体労働や重労働に携わっているのではないか。よく見ると手首や首のあたりに、不自然な日焼けの痕があった。

根は真面目で、母親思いのいい子なのだ。悪事に荷担しているのだとしても、やむにやまれずなのだとわかる。

だからこそ、救ってあげなければならない。

「あのね、ここであなたに会うのは初めてなんだけど、実はわたし、前にあなたと別の場所で会っているの」

真帆が思い切って打ち明けると、昭夫は戸惑ったふうに目をぱちくりさせた。

「え、どこでですか？」

「わたし、元警察官なの。S県警に勤めてたんだけど、このあいだ友達に会いに行ったときに――」

皆まで言わないうちに、少年が顔色を変える。半開きの唇をワナワナと震わせ、目に涙を盛りあげた。

「だから、あなたの名前も知っているのよ。西野昭夫君」

「い、いや、おれは――」

「ねえ、どうしてあんなグループに入ってるの？」

優しく問いかけると、昭夫が泣き崩れるように頭を下げる。膝に額をこすりつけ、

「お、お願いです。そのことは、母さんに言わないでくださいっ！」

涙声で懇願した。

3

さすがにエレベーターホールでは他人の目が気になる。真帆は昭夫を連れて屋上に上がった。

すでに日が落ちており、ひとの姿はない。風が当たると肌寒いが、階段室——ペントハウスの裏手には風が来ない。誰かに見つかる心配もなさそうだ。

建物の下側の、コンクリートが突き出たところに、ふたりは並んで腰掛けた。

「ねえ、どうしてあのグループの仲間になったのか、話してもらえる？」

真帆が訊ねても、昭夫が直ちに口を開くことはなかった。

何しろ相手は元警察官で、今も繋がりがある。何か話せば筒抜けなのは確実だ。仲間を裏切ることになるし、自分の身も危ういとわかっているのだろう。

それでも、必ず話してくれるはずと、真帆は信じていた。

さっき、母親に言わないでほしいと泣いて頼んだのは、悪いことだとわかっており、罪悪感もあるからなのだ。できればグループから抜けたい気持ちがあるに違いない。

加えて、自分にになら打ち明けてくれるのではないかと、真帆は密かに自負していた。

(お母さん思いだし、たぶん年上の女性に弱いんだわ)

但し、沙樹のようなタイプではない。マザコンとは言えないまでも、母親っぽい雰囲気と優しさを持った女性には、きっと心を許してくれるはず。

あとは、どうやって気持ちを解きほぐすかだ。

真帆は昭夫の手を握った。その瞬間、肩をピクッと震わせたものの、振り払ったりしない。それどころか、温かさと柔らかさにうっとりしているふうだ。

「ちょっと聞いてほしいんだけど」

ヒップをずらし、彼とぴったり密着する。それにも彼は逃げなかった。母親が病弱だとすると、スキンシップに飢えているのではないか。

ただ、女性に慣れている感じはしない。もしも同い年の少女に同じことをされたら、顔を真っ赤にして逃げ出しそうである。ずっと年上の女性だから、安心して甘えられるのだろう。

しかしながら、真帆は色仕掛けで誘惑しようと企んでいたわけではない。あくまでも、昭夫が心を開きやすくするためにしたことだ。

「あのグループがどういう薬物を扱っているのか、知ってるの？」

「……」

「わたしは知ってるわ。覚醒剤や大麻もあるけど、多いのはＭＤＭＡやＧＨＢ、セックスドラッグやレイプドラッグって呼ばれるものね。そんなものが広まったら、たくさんの女の子が被害に遭うことになるわ」

「……」

「レイプされた女の子が、どれほどの苦しみを背負うのか、あなた、知ってる？」

「……いえ」

「わたしは警察官のときに、性犯罪を扱う部署いたの。そこでたくさんの女の子たちから話を聞いたわ。たとえば——」

レイプされた少女が話したことを、真帆は昭夫に伝えた。誇張などせず、聞いたままに。それだけにリアルで、まともな神経の持ち主なら、とても平然としていられないはずだ。

現に、昭夫も目に涙を浮かべた。

「レイプされるのは、心を殺されたも同じことなの。あなたがそういう薬の売買に関わることで、心を殺される女の子がたくさん生まれるのよ」

声を荒らげることなく、静かに訴えることで、より深く心に染み入ったのではないか。彼の頬に、涙の雫が伝った。

「……ごめんなさい」

謝罪して、嗚咽をこぼす。やはり根は善人なのだ。

「わかってくれれば、それでいいのよ」

真帆は少年の肩を抱き、髪を優しく撫でてあげた。

「じゃあ、話してくれるわね？」

昭夫がコクリとうなずく。声を詰まらせつつ打ち明けたところによると、やはりグループのメンバーに誘われ、引っ張り込まれたとのことだった。

「高校の先輩に会ったときに、おれ、母さんが前に入院したときの支払いが残っていることとか、生活がキツキツだってことを話したんです。そうしたら、何日か経って割のいいバイトがあるからって言われて、何なのか詳しく聞かないまま何度か手伝ったら、違法なクスリの売買に関係してることだったんです」

彼は直接取引に関わっていなかった。荷物を届けたり、パーティのチケットを売ったりと、使いっ走りのようなことをさせられたという。

仕事の割りに報酬がいいことが、気にならなかったわけではないらしい。だが、困窮していたこともあり、きっと先輩が気を遣ってバイト料を多めにまわしてくれたのだろうと、自分に言い聞かせたそうだ。

そして、他のメンバーを紹介される。見た目はともかく気がいい連中でひと当たりも良く、信頼して付き合ううちに、いつしかグループの一員にさせられていたとのことだ。

「みんなが何をしているのか、気がついたときにはもう手遅れで……お前も手を貸したんだから、捕まるときには一緒だ、もう逃げられねえぞって脅されたんです」

「どうにかして、グループを抜けようとは思わなかったの？」

「思いました。他のバイトを入れて、時間がないから手伝えないって、断るようにしたんです。そうしたら、これが最後だからって言われて、だったらって指定されたところに行ったら、いきなり警察が現れて――」

「それって、S県警に捕まったときの？」

「はい……すぐ釈放になったんですけど、これでお前は、おれたちの仲間だって警察にマークされたんだ。諦めろって言われました」

あれは、S県への足掛かりを摑むためにわざと逮捕されたのに加えて、昭夫を抜けられなくするためでもあったようだ。

「だけど、連中はどうして昭夫君を必要としているの？　ただ手伝わせるだけなら、他にいくらでも仲間になれそうな人間はいると思うんだけど」

「いかにも人畜無害そうだからって、先輩より上のやつが言ってました。悪いことなんかできそうにないタイプだから、お客も安心するし、警察も怪しまないって」

要は囮であり、カムフラージュなのか。他のメンバーはいかにもというタイプばかりだったし、確かに重宝されるであろう。

「おれ、母さんを心配させたくないし、悪いことだってしたくないんです。だけど、どうすればいいのかわからなくって……」

昭夫がしゃくり上げる。さっき、母親と病室で談笑しながらも、胸が痛んでいたに違いない。それでも心配させまいと、無理をしていたのだろう。

彼の心中を察して、憐憫がこみ上げる。真帆はたまらず、見た目より華奢《きゃしゃ》なからだをギュッと抱き締めた。

「大変だったね……つらかったね――」

背中を撫でてあげると、昭夫はまた嗚咽し、身を震わせた。真帆ももらい泣きして涙をこぼす。

「とにかく、昭夫君は連中と手を切らなくちゃいけないわ。いつまでもこのままでいたら、いずれ本当に捕まっちゃうわよ」

身を剝がして諭すと、昭夫が小さくうなずく。

「でも、どうすればいいのか……」

「簡単よ。あのグループをなくせばいいの。昭夫君の力でね」

「え、どうすれば？」

驚きをあらわにしたところを見ると、そんな方法はこれまで考えもしなかったようだ。

「わたしはS県警に友達がいるし、警視庁にも知り合いがいるの。だから、昭夫君が知っているあのグループの情報を、全部提供してちょうだい。拠点とか、メンバーとか、取引先とか。そうすれば、グループそのものを潰すことができるから」

「それじゃあ、おれも捕まっちゃいます」

「その心配はいらないわ。昭夫君は警察の協力者っていうことで、お咎めなしにしてもらうから」

「だけど、おれが密告したってわかって、あとでグループの関係者から酷い目に遭わされるかも」

「昭夫君が話したってことは、絶対にわからないようにするわ」

「でも……そうなると、先輩も逮捕されるわけだし」

「その先輩が昭夫君をグループに引っ張り込んだせいで、昭夫君はこんなに苦しむことになったのよ。そんなやつを庇《かば》う必要なんてないわ」

「それは……でも――」

十九歳の少年が躊躇《ちゅうちょ》する。無理もないと、真帆は思った。

かつて少年犯罪を担当したとき、悪いグループから抜けるよう説得したときも、同じような反応が大多数だった。そうしたい気持ちはあっても、あとで仕返しをされるんじゃないかとか、仲間に迷惑がかかるとか、あれこれ気になって踏ん切りがつかない様子の子が多かった。

そういう子たちだからこそ、悪い連中に付け込まれるのである。

「あのね、今の昭夫君に必要なのは、何だかわかる?」

真っ直ぐ目を見て質問すると、昭夫は居たたまれないふうに視線をはずした。

「いえ……」

「勇気よ。何があっても絶対に負けない、正しいことをするんだっていう勇気」

彼が小さくうなずき、顔を伏せる。そんなことはわかっているのだ。

「確かに、あとで仕返しをされるかもしれない。どうして密告したんだって、先輩に責められるかもしれない。だけど、よく考えてみて。悪いのはどっちなのかを」

「それは……」

「もしもまた連中に絡まれたら、今度こそ言ってあげればいいの。二度と悪いことはしないって。これ以上かまうのなら、また警察に行くって」

懸命に訴えかけながら、何気に視線を下に向けた真帆は、あることに気がついて胸を高鳴らせた。なんと、昭夫のズボンの股間が、内側から突きあげるもので隆起していたのである。

（勃起してるの、この子⁉）

特に昂奮している様子はないのに、肉体は明らかにそういう反応を示している。

もっとも、思い当たるフシがないわけではなかった。

（スキンシップが過剰だったかしら……）

手を握ったり、密着して坐ったり、感極まって抱き締めたりもしたのだ。年上の女性に弱いらしい少年が、劣情に駆られても不思議はない。

おまけに真帆のほうも、おかしな気分になってきた。

（この子のオチンチン、どんなふうなのかしら……）

などと、淫らなことを考えてしまったのは、夫のペニスを愛撫してから、さほど時間が経っていないためもあったろう。はち切れそうになったモノを頬張り、熱いほとばしりを口で受け止めたときの感触も蘇り、悩ましさが募った。

さっきは一方的に奉仕しただけで、自分は何もされていないのである。燻《くすぶ》っていた不満までぶり返すようだった。

そのため、目の前の少年に対して、過剰なスキンシップに出てしまったのだろうか。

「ねえ、昭夫君は男の子よね？」

わかりきった質問に、彼が顔を上げる。何を言うつもりなのかと思ったのだろう。

「男だったら、もっとガッツがあるところを見せてもいいんじゃないかしら?」

「はあ……」

「はあ、じゃなくて、もっとしっかりしなさい」

口調を強めると、昭夫は戸惑った様子であった。これまで優しかったのに、いきなり叱られたものだから、どう反応すればいいのかわからなくなったようだ。

おまけに、真帆が一転、やけに艶めいた微笑を浮かべたものだから、尚さらに。

「まあ、ここはしっかり男の子だけど」

そう言って、いきなり股間の高まりを握る。

「あああっ」

昭夫が声をあげ、腰をよじる。それにもかまわず、真帆は手指にニギニギと強弱をつけた。

(硬いわ……)

全体的な大きさや逞しさは、夫のほうが上である。だが、鉄のごとき硬度は、若い彼にかなわない。

「だ、ダメです、こんなこと――」

少年は息をはずませつつも、身を離して逃れようとする。真帆はそれを許さず、コリコリした若茎をいっそう強く握った。

「くううう」

ズボン越しのタッチでも、かなり感じているようだ。ちょっと手を動かしただけで、彼が「あ、あっ」と焦った声をあげる。

(こういうことをされるの、初めてなんだわ)

真帆は確信した。そして、これからの展開を素早く思い描く。

「どうしてオチンチンが大きくなったの？」

「そ、それは」

「ちゃんと正直に言いなさい」

問い詰めると、昭夫は情けなく唇を歪めた。

「あの……お姉さんがとってもいい匂いで、それに、手やからだも柔らかかったから、そのせいで――」

涙ぐみ、懸命に言葉を探すのが健気である。言い方が露骨にならないよう、気を遣っているのもわかった。

にもかかわらず、真帆は頬を熱く火照らせた。お姉さんなんて呼ばれたのも照れくさかったし、匂いのことを言われたのが、無性に恥ずかしかったのだ。

（汗くさくなかったかしら）

などと、今さら気になる。内心の動揺を包み隠し、さらに質問を重ねた。

「ねえ、女のひとにここをさわられたことあるの？」

「な、ないです」

「これが初めて？」

昭夫がうなずく。泣きそうに潤んだ目に、母性本能がくすぐられた。

（やっぱり童貞なのね）

誘惑なんて無理だと思っていたのに、そうしたい気持ちが強まる。ほとんど衝動に近いものであった。

「じゃあ、直《じか》にさわってほしい？」

問いかけに、彼は答えなかった。恥ずかしいのだろう。

しかし、欲望に血走った目が、イエスと訴えている。

（この子も男なんだわ）

そのことを強く自覚させれば、ひと皮もふた皮も剝けるに違いない。

真帆は高まりから手をはずすと、ジーンズに手をかけた。彼は逃げない。直に握ってほしいのだ。

それでも、ジーンズとブリーフをまとめて脱がされると、「うう」と羞恥の呻きをこぼした。

（綺麗だわ……）

あらわになった屹立に、真帆は目を細めた。

その場所は屋上を照らす明かりが届かず、陰になっている。けれど、暗がりでも、ナマ白いペニスがはっきりと確認できた。

包皮は余り気味で、亀頭は半分しかあらわになっていない。剝いて明るいところで見たら、瑞々《みずみず》しいピンク色ではなかろうか。

「さわるわね」

いちおう断ってから、幼さの残る肉槍に指を回す。

「あふっ」

昭夫が太い喘ぎをこぼした。

若い秘茎はベタついていた。もしかしたら母親の見舞いに来る前に、肉体労働のバイトをしていたのかもしれない。ブリーフを脱がしたときにも、蒸れた汗の香りが漂ったのだ。

それでも不快感はない。若さを写し取ったような青くささは、むしろ好ましかった。

手についたベタつきも、クンクンと嗅いでみたかった。

「オチンチン、とっても元気ね」

からかうでもなく言うと、昭夫は目を潤ませて下唇を噛んだ。羞恥と快感のあいだを、気持ちが行ったり来たりしているふうである。

「だけど、ここはちゃんと剝いたほうがいいのよ」

包皮のくびれあたりを摘まみ、真帆はくいっと押し下げた。最初に見たときよりも赤みを増した亀頭が、全貌を晒す。

「ああ」

少年が情けない声を洩らした。

ほんの一時間前に、夫のモノをさんざん見たのである。そのときも真帆は胸を高鳴らせたが、今はそれとは異なるときめきを感じていた。

（これが十九歳のオチンチン……）

考えてみれば、これまで目にし、触れた男性器の中では一番若い。童貞ペニスも初めてだ。

そのため感動がふくれあがり、あれこれ試したくなったのだろうか。

若茎を握ったのとは反対の手を差しのべ、指先でくびれの段差をこすってみる。何かがボロボロと剝がれる感じがあったから、恥垢《ちこう》が溜まっていたようだ。

「あ、だ、ダメ――」

昭夫がいきなり切羽詰まった声をあげ、腰をガクガクとはずませる。

「え？」

何が起こったのかわからず、真帆はきょとんとなった。次の瞬間、手にした肉茎がビクンとしゃくり上げる。

びゅるん――。

濃厚な白濁汁が糸を引いて放たれ、思わず「キャッ」と悲鳴をあげる。

それでも握り手を動かして、強ばりを摩擦し続けたのは、夫のモノを愛撫するときに、そうするよう言われたのを思い出したからだ。射精中にしごかれるのが、一番快《こころよ》いのだと。

「ああ、ああ、あああ」

精液がびゅるびゅると放たれるあいだ、昭夫は声を上げどおしだった。初めて女性から頂上に導かれた感動と、経験したことのない快感にひたっているのだ。

（やん、いっぱい出てる……）

コンクリートの床に飛び散る牡汁が、栗の花の匂いを漂わせる。ひと回り以上も年下の少年の絶頂場面を、真帆は胸を締めつけられる思いで見つめた。

4

ペントハウスの外壁にからだをあずけ、荒ぶる息づかいを持て余していた昭夫が、ようやく我に返る。

「す、すみません」

謝って涙ぐんだものだから、真帆は「いいのよ」とかぶりを振った。

「わたしが出させちゃったんだもの。昭夫君は悪くないわ」

「でも……」

彼は悔しげに唇を嚙んだ。射精したことそのものではなく、早々に昇りつめたことが居たたまれないのではないか。

「たくさん出たし、だいぶスッキリしたんじゃない」

「はい……」

うなずいたものの、しなやかな指で握られた秘茎は、完全に力を失ったわけではなかった。まだし足りないとばかりに、ヒクヒクと脈打っている。

か。
（ひょっとして、最後までしたいのかしら？）
この機会に、いっそ童貞を卒業したいと、新たな熱望がこみ上げているのではない
それは真帆にとっても、願ってもないことであった。童貞少年を弄び、終末に導い
たことで、女の部分が狂おしいまでに疼いていたのである。夫のペニスをしゃぶりな
がら秘部を濡らした影響が、しつこく残っていたようだ。
とは言え、罪悪感を感じないわけではなかった。
（わたしなんかが初めての相手で、昭夫君はいいのかしら？）
この年頃は、穴があればかまわず挿《い》れたいと願うほどに、性欲が強いことは知って
いる。よって、相手など選ばないということも。
ただ、ひと回り以上も年上である人妻の自分が、純潔を奪っていいものか。
「ねえ、もっと気持ちいいことしたい？」
ためらいを覚えつつも、思わせぶりな問いかけが自然と唇からこぼれたものだから、
真帆はうろたえた。しかも、いかにも誘惑するような声音だったのだ。
昭夫が驚愕で目を見開く。ますますまずいことを言った気になり、
「あ、えと、嫌なら――」

真帆は焦って取り消そうとした。すると、

「いいんですか？」

彼が前のめり気味に訊ね、（え？）となる。

（じゃあ、昭夫君はしたいの？）

それを証明するかのごとく、少し軟らかくなっていた肉根が、勢いを取り戻したのである。女が欲しいと訴える。

ふたりの望みが一致しているとわかり、胸がはずむ。とは言え、直ちに股を開くわけにはいかなかった。

なぜなら、身分こそ正規の警察官ではなくとも、自分は彼らを捜査する立場なのだ。それは生活安全部で、少年犯罪を担当していたときと変わらない。

（この子を正しい方向に導くのが、わたしの使命なのよ）

自らに言い聞かせ、顔を引き締める。

「あのね、わたしは昭夫君に、一人前の男になってもらいたいの。正しいことができて、悪い連中に立ち向かえる強さを身につけてほしいのよ」

「はい……」

「昭夫君は、女性と最後までしたことがないのね？」

彼が無言でうなずく。期待に満ちた眼差しに、真帆は息苦しさを覚えた。

「昭夫君が、心もからだも一人前の男になりたいっていうのなら、わたしは協力してあげてもいいわ」

厳《おごそ》かに告げると、少年も生真面目な顔を見せた。

「おれ、頑張ります。悪いやつらと縁が切れるように。だから、おれを男にしてください」

気弱なところしか見せていなかった彼が、初めて自身の欲求を口にしたのである。女性の手で絶頂に導かれただけで、早くも変化が現れたのか。

これなら童貞を卒業すれば、さらに成長するはずだ。薬物売買グループに関する情報も、惜しみなく出してくれるかもしれない。

(そうよ。これは捜査のためでもあるんだわ)

自らに言い聞かせ、真帆は心を決めた。

「わかったわ。ちょっと待ってて」

その場を離れ、ペントハウスの中に入る。階段を上がったところに、畳んだ段ボール箱がいくつもあったのを思い出したのだ。

汚れていない、大きめの段ボールを選ぶ。それを抱えて、真帆は急いで戻った。

同じ場所に腰掛けていた昭夫が、安堵の面持ちでこちらを見あげた。どこかに行ってしまったのかと、不安だったのだろう。

そのくせ、股間の若茎をピンとそそり立たせているのが、滑稽だけど愛らしい。

「お待たせ」

真帆はコンクリートの上に段ボールを敷くと、「ここに寝て」と昭夫に告げた。

「え、ここに？」

「初めてなんだし、わたしにまかせておけばいいからね」

笑顔で告げると、彼がどぎまぎして視線を逸らす。それでいて、急いで言われたとおりに動いた。

（本当にエッチがしたいのね）

初体験への熱望を、素直に出すのがいじらしい。下半身まる出しで寝そべる十九歳を見おろし、真帆はスカートをそろそろとたくし上げた。両脚が完全にあらわになる前に、内側に手を入れる。

三十三歳の成熟した人妻が下着をおろすところを、昭夫がまばたきも忘れたふうに見つめる。ベージュの薄物が脚を下るところを、目でしっかりと追った。

（可愛いわ）

もともと年下好きではなかったのに、こんなにも胸が躍るのはなぜだろう。新しい趣味に目覚めてしまったのだろうか。

脱いだパンティをそれとなく調べると、クロッチの裏地に濡れきらめくものがあった。夫への口淫奉仕で溢れたものではなく、もっと新鮮な蜜汁だ。真帆も昂奮していたのである。

いそいそと若腰を跨ぐと、昭夫が欲望をあらわにした眼差しで見あげてくる。早くも息づかいがはずんでいるようだ。

真帆はスカートを少したくし上げただけでしゃがみ込んだ。暗がりだからはっきり見られないとは言え、肌を晒すのは恥ずかしかった。

それでも、色白でむっちりした太腿があらわになる。

そそり立つものを逆手で握り、スカートの奥へ導く。切っ先を秘芯にこすりつけると、ヌルッとすべる感触があった。

(やん、こんなに)

下着に付着していた以上に、愛液が溢れているようだ。

「ああ……」

昭夫が切なげな声を洩らし、身をよじる。いよいよ体験できるという期待に加え、粘膜同士の接触で快さも得ているのではないか。

そのとき、真帆の脳裏に夫の顔が浮かんだ。

(ごめんなさい、あなた……だけど、これは許してね)

貞節を破ることへの罪悪感はあれど、思ったほど大きくなかった。毎日のように処理をしてあげているし、しっかり尽くしてきたのだから。

それに、立てこもり犯に辱められたときのように、穢《けが》される感じもない。相手が純情な少年であるのに加え、これは彼を救うための行為でもあるからだ。

「じっとしててね」

ヘタに動かれたら感じてしまいそうだったので、あらかじめ注意を与える。昭夫は真面目な顔つきで、「はい」とうなずいた。

「いい子ね」

笑いかけてから、そろそろとヒップを下げる。秘割れに当たっていた肉の槍が、徐々にめり込んできた。

(あ、入ってくる)

悩ましい感覚にひたり、久しく男を迎えていない膣に強ばりを馴染ませながら、少しずつ受け入れる。

「ああ、あ」

昭夫が焦りを含んだ声を上げた。初めての感覚に、快さよりも怯えのほうが大きいのではないか。

それでも、分身が蜜穴へぬるんと入り込むなり、喉を見せてのけ反った。

「くあああ」

感に堪えないふうに喘ぎ、四肢を震わせる。人妻が完全に坐り込むと、少しだけ見えている下腹を大きく上下させた。

(あん、入っちゃった)

硬筒をすべて受け入れ、真帆は上半身を揺らした。快感もあったけれど、若い牡の初めてを奪った充足感が、八割がたを占めていた。

「昭夫君のオチンチン、わたしの中に全部入っちゃったわよ」

ストレートに告げると、彼が「は、はい」と声を震わせて返事をする。

「これで昭夫君は男になったの。嬉しい？」

「はい、嬉しいです」

おうむ返しの返答は、それだけ感激しているからだとわかる。あれこれ言葉を並べる余裕はないのだ。

真帆のほうも、胸にこみ上げるものがあった。二十歳前の男の子を一人前にしてあげた背徳感に加え、淫らな昂ぶりが鳩尾のあたりをキュウッと締めつける。体内で脈打つものを感じると、子宮が疼く心地がした。

「う、動くわよ」

最初は前後に、小刻みに腰を振る。

「ううう」

昭夫が頭を左右に振り、快悶の呻きをこぼす。

(すごく感じてるみたいだわ……)

若いペニスがビクンビクンと脈打つところからも、それは明らかである。

体内で響くものは、迎え入れたほうにも愉悦をもたらす。真帆も息をはずませ、腰づかいが次第に速くなった。前後運動から、上下の動きへと変化する。

「あ、あふン、んぅう」

艶声が自然とこぼれたものだから、片手で口を塞ぐ。感じている声を、少年に聞かれたくなかったのだ。

(ダメよ、声なんか出しちゃ)

肉体を繋げていても、恥じらいは残っていたようだ。そのくせ、熟れ尻がせわしなくはずみ、快楽を追い求める。尻の割れ目をギュッギュッとすぼめ、快い締めつけを牡にもたらしながら。

「あああ、も、もう」

昭夫が切羽詰まった呻き声を洩らす。一度果ててから間もないのに、早くも爆発しそうなのだ。

どうしようと、真帆は素早く考えた。月々のものは順調で、もうすぐ始まるはずである。

(だからこんなことをしちゃったのかしら……)

生理前にはからだが疼く。そのせいで、若者に女のからだを教える気になったのか。

などと、今さら言い訳じみたことを考えながら、たわわなヒップをリズミカルに打ちおろす。パツパツと湿った音を鳴らして。このままほとばしりを中で受け止めることにしたのである。

「あ、あ、あ、出ます。出る――」

昭夫がいよいよ極まったふうに、からだを暴れさせる。膣内の若棹《わかざお》がさらにふくらんだ感じがあったあと、じわっと温かなものが広がった。

「ああ、あ、はふ、くふぅううう」

激しい喘ぎが吹きこぼれ、若いからだが波打つ。射精したのだ。

(あん、イッちゃった……)

間もなく彼がぐったりと手足をのばす。真帆は愛しさに駆られて上半身を倒し、吐息をはずませる唇に、そっと自分のものを重ねた。

5

一週間後――。

「いやぁ、本当にお手柄だったね」

上機嫌な鍋島の前で、真帆は照れて笑みを浮かべた。隣に腰掛けた沙樹が、苦虫を嚙みつぶした顔を見せているのを、ちょっぴり気にしながら。

「いえ、たまたまです。主人が入院している病院に、あのグループの子の母親も入院していたものですから。運がよかったんですわ」

「それにしたところで、情報を聞き出せたのは千草君の手柄だよ」

「ひと目で、悪いことのできない子だってわかったものですから。話をしたら、案の定、グループを抜けたがっていましたし」

「だとしても、よく洗いざらいしゃべってくれたものだ」

「根がいい子だったんですよ」

朗らかに述べつつも、真帆はちょっとだけ胸が痛んだ。病院の屋上で、昭夫に女を教えたときのことが、脳裏に蘇ったからだ。結局のところ、色仕掛けで自供を引き出したようなものか。

とは言え、そのことはふたりだけの秘密である。

昭夫が知っていることをすべて話し、その情報が鍋島から警視庁へ渡り、さらに関係する所轄署や、S県警にも回された。それぞれで捜査が進み、あれよあれよという間にグループは検挙され、壊滅となった。現在、彼らに薬物を卸していた暴力団や半グレにも、捜査の手がのびている。

もちろん、売買グループの情報がどこから出たのかは、極秘扱いだ。鍋島を経由したことにより、仮に連中が密告者捜しを始めたところで、わかるはずはなかった。

「ところで、あの子――西野昭夫君はお咎めなしなんですよね？」

一番気になっていたことを確認すると、鍋島は「もちろん」と力強く答えた。

「彼の情報のおかげで、グループを壊滅できたんだ。あくまでも彼は、捜査協力者だよ。むしろ表彰してもいいぐらいだ」

「それを聞いて安心しました」

真帆は胸を撫で下ろした。

「そもそも、あの子は騙されてメンバーに加えられたわけだし、しかも脅されていたそうじゃないか。彼も被害者のひとりだよ。その件は検察庁にも伝えたし、向こうからも起訴はしないと確約をもらっている。心配は御無用だ」

「ありがとうございます」

礼を述べてから、大事なことを思い出す。

「そう言えば、昭夫君からもお礼を言われたんです。おかげで助かりましたって」

「ん、何がだね？」

「捜査協力の報奨金のおかげで、未納だったお母さんの入院費用が払えたそうです」

「ほう、そうかい」

「鍋島さんが出してくださったんですよね？」

「そうだったかな？」

鍋島はそらっとぼけたものの、真帆にじっと見つめられ、エヘンと咳払いをする。

「まあ、警視庁のほうはそこまでの予算がないそうだから、私が肩代わりをしただけだよ。本当はもっと出してもよかったんだが、真面目な少年のようだし、自分でどうにかする部分を残しておいたほうがいいと思ってね。かえって気を遣わせることになっても好ましくないからな」

「ええ、素晴らしいご判断だと思います。それから、お母さんの治療の件も、現在研究が進められている最新医療の被験者に選ばれたんだって、昭夫くん、とても喜んでいました」

「それはよかった」

「あれも鍋島さんが推薦してくださったんですね？」

「どこかに相応しい患者がいないか、向こうも探していたところだったのでね。タイミングがよかったんだよ」

あくまでも謙虚な鍋島の態度に、彼に刑事として雇われてよかったと、真帆は心から思った。これからも頑張ろうと決心する。

すると、無言だった沙樹が、唐突に口を開いた。

「だけど、解せないのよね」

「ん、何がだい？」

鍋島が訊ねると、彼女は眉間に深いシワを刻んだ。

「その西野っていう子、よく素直に全部しゃべりましたよね。もしかしたら、グループからの報復があるかもしれないのに」

「それについては、心配しなくても大丈夫よって、わたしが言ったんです。警察官の知り合いがたくさんいるから、ちゃんと守ってもらえるようにするって」

真帆が執《と》り成しても、沙樹の疑念は晴れないようだった。

「だとしても、ちゃんと証人保護をしてもらえるわけじゃないもの。単なる口約束よね？　捕まりそうになった仲間が逆ギレして、チクったやつに復讐する可能性は充分あったのに」

「それでも言わなくちゃっていう気持ちが、昭夫君にあったんです。正しいことをしたいって本人も言ってましたし、グループが無くなれば、もう悪事で手を汚すことはないわけですから」

「それだけの理由で、危険を冒したわけ？」

沙樹が今回の成果を素直に受け入れられないのは、自分の出番がまったくなかったからであろう。コンビのはずなのに、相棒がいいところを全部持っていったものだから、嫉妬しているのだ。

と、思っていたのだが、

「まさか、その子を色仕掛けで手なずけたわけじゃないでしょうね？」

事実を指摘され、真帆は「ま、まさか」とうろたえた。

「あの、本当に行くんですか？」

「そうよ。相棒――友達の旦那さんが入院してるんだもの。お見舞いに行くのは当然でしょ。むしろ遅すぎたぐらいだわ」

権利を主張するかのような沙樹の口振りに、真帆はやれやれと思った。

鍋島のところを出たあと、これから夫の病院へ行くと告げたところ、沙樹はだったら自分も行くとついてきたのだ。次の捜査案件は出されなかったし、どうせ暇だからとも言った。

けれど、何か探るつもりではないか。真帆は戦々恐々としていた。なぜなら、

「わたし、真帆さんがどんなふうに旦那さんを見舞うのか、すごく興味があるのよ」

と、彼女が思わせぶりに言ったからだ。

（わたしがあのひとにエッチなご奉仕をしていること、気がついているのかしら？）

まさかとは思ったが、可能性は大いにある。それを匂わすようなことを、前にも言われたのだ。組織売春を挙げるために潜入し、ホテルへ派遣されたときに。

先に帰った真帆が、連中の企みに気がついて電話をかけると、沙樹は開口一番、厭

味っぽいことを口にしたのである。旦那さんに、たっぷりサービスしてあげたのかなどと。

まあ、一緒に見舞いに行ったところで、夫婦のあいだで普段何がされているのかなんて、彼女にわかるはずがない。夫が目の前でおねだりでもしない限りは。

それはあり得ないから、真帆はとりあえず安心した。

病院に着くと、外科病棟のあるフロアに上がる。すると、エレベーターホールに昭夫がいた。

「あ、千草さん。こんにちは」

顔を合わせるなり、にこやかに挨拶をしてくれる。途端に、真帆の胸はきゅんと締めつけられた。この少年の初めての女になったときのことが、自然と思い出されたからだ。

あのあとにも、彼とはここで何度も顔を合わせた。関係を持ったのは一度きりなのに、未だにドキドキしてしまう。

昭夫は一度セックスしたからといって、真帆にさらなる関係を求めることはなかった。やはり真面目な子なのだ。

そういうところはとても好ましく感じたものの、ほんのちょっぴりもの足りないのも事実だったりする。

「こんにちは、昭夫君。お母さんのお見舞い？」

「はい。これから検査なので、おれは仕事に戻るんですけど」

「そう。頑張ってね」

そこまで言葉を交わしたところで、背後にいた沙樹が割って入る。

「あなたが西野昭夫君ね？」

「あ、はい。えと——」

年上の美女に名前を呼ばれ、彼は怯えたふうに一歩下がった。

「わたしは真帆さんの友達で、高宮沙樹っていいます。警視庁組織犯罪対策部、第五課の刑事なの」

身分を詐称した相棒に、真帆は内心うろたえた。

(ちょっと、どういうつもりなの？)

昭夫に妙なことを言いはしないかと、ひやひやする。

「今回の件では、本当に助かったわ。あなたのおかげでグループは壊滅できたし、さらにもっと悪い連中も、じきに逮捕できるはずよ」

「あ、いえ、どうも」

ぎこちなく頭を下げた少年に、沙樹は声をひそめてたずねた。

「ところで、あれから嫌がらせとか、不審な接触とかはなかった？」

「いえ、何も……」

「だったらよかったわ。だけど、この先もしも腑《ふ》に落ちないことや、不安なことがあったら、いつでもわたしに連絡してちょうだい」

沙樹が昭夫に名刺を渡す。そこには彼女の名前の他、携帯番号とアドレスが載っていた。

（いつの間にこんな名刺を作ったのかしら？）

警視庁時代のものではないし、もともと持っていたとは思えない。鍋島に雇われたあと、捜査で必要になるかもしれないとこしらえたのではないか。

「ありがとうございます」

昭夫が頭を下げる。ホッとした顔を見せたから、きっと不安があったのだろう。

（ナイスフォローだわ、沙樹さん）

もしかしたら、このために病院へ来たのだろうか。お見舞いというのはただの口実で。もっとも、確実に昭夫と会える保証はなかったわけだが。

「あの、でしたら、お話ししたいことがあるんですけど」

少年の申し出に、沙樹の目がきらめく。

「いいわよ。なに？」

「えと……」

昭夫が周囲を見回した。

エレベーターホールには、他にもひとの姿がある。行き来も多い。あまり聞かれたくない話のようだ。

「じゃあ、場所を変えましょうか？」

「はい。でしたら、屋上に」

この提案に、真帆はドキッとした。彼の童貞を奪った場所だからである。

「いいわよ。それじゃ、真帆さんも一緒に」

「え、ええ」

三人はエレベーターで上へあがった。

屋上に出ると、「こちらへ」と昭夫が先導する。行った先はペントハウス裏手の、あの場所であった。

もちろん彼は、ひと目につかないという理由で、そこを選んだのである。しかし、真帆は落ち着かなかった。必要もないのにキョロキョロし、小さく咳払いをする。

それに気がついたのか、昭夫も悩ましげな顔つきになった。

「ここならいいわね。誰にも見られずに済むし、声も聞かれないだろうし」

沙樹までもが、意味深なことを言う。まあ、それは考えすぎか。

「ところで、話したいことって何？」

「実は、まだ捕まっていないやつがひとりいるんです」

これに、沙樹は驚きをあらわにした。もちろん真帆も。

「え、本当に⁉」

「はい。そいつは滅多に顔を出さなかったし、おれも一度しか会ったことがないので、見逃されたのかなとも思ったんですけど」

「そいつって、グループの下のほうのメンバー？」

「それがよくわからないんです。資金を出しているみたいな話を、聞いたことはありますけど」

「じゃあ、けっこう地位は上じゃない」

「たぶん。ただ、グループにどういう関わり方をしていたのか、おれはわかりません。親が権力者だから、うまく逃げたのかもしれないんですけど」

「え、権力者？」

うなずいた昭夫が、躊躇をあらわにする。こんなことを密告して大丈夫なのかと、不安を覚えているようだ。

それでも義憤にかられたようで、思い切って口を開く。

「そいつは福田辰也《ふくだたつや》。大学生で、財務大臣の息子です」

真帆と沙樹は、思わず顔を見合わせた。

第四章　蜜罠

1

（ったく、何も面白いことがねえな）

福田辰也は暇を持て余していた。余計なことは絶対にするなと、財務大臣である父親に厳しく戒《いまし》められていたためもあった。

大学生なのだから、暇だったら勉強をすればいい。もっとも、四年生だから講義はほとんどない。卒論も代筆する人間を頼んであるし、就職も父親のコネでとっくに決まっている。

よって、本当なら自由気ままに遊んで、残り少ない学生生活をエンジョイすればいいのである。ところが、それを禁じられてしまった。

特に、最も気持ちよくて、この上なく刺激的なことを。

(あいつらが捕まらなけりゃ、まだまだ愉しめたはずなんだよな)

手飼いの薬物売買グループが、メンバー全員逮捕されてしまったのである。

自分には捜査の手が及ばないよう気をつけていたし、仮に何かでバレることがあっても、父親が手を回してくれるはず。現に今回も、父親のところに捜査情報が入ったことで免れ、謹慎を命じられただけで済んだのである。

難を逃れられたのは幸いながら、代わりに退屈な日々を送るのでは、割に合わない。だったら警察に追われて逃亡でもしたほうが、もっと愉しめるのではないか。

などと、度胸もないくせにワルぶったことを考える。いざとなったら父親や弁護士に泣きつくことしかできないのに。

手元には、いちおうクスリが残っている。しかし、使う相手がいなければ意味がない。

乱痴気パーティに使っていたアジトも押さえられたし、お客だった女たちも身をひそめてしまった。踏んだり蹴ったりとは、まさにこのことだ。

(いっそ、ウチに女を呼べばいいのか)

しかし、これまではメンバー経由で女たちを集めてもらっていた。自分で彼女らに連絡を取ることはできない。そんなことをして、こちらの情報を誰かに洩らされても困るのだ。

だったら、素人を誘い込む手もある。もっとも、まだ警察がうるさく嗅ぎ回っているから、足がつくような真似は避けたほうがよさそうだ。せっかくうまく逃げられたのに、今さら人生を棒に振ったら元も子もない。

だからと言って、何もしないのも退屈だし、つまらない。

自室のベッドに寝転がり、さっきから堂々巡りで時間を無為に過ごす辰也である。ここは暇な時間を有効に使い、読書でもして教養を身につけようなんて考えは、そもそも持ち合わせていなかった。だったら薬物にも手を出さなかったであろう。

典型的なバカ息子ながら、本人にその自覚はない。それどころか、いずれ父親のように権力を手中にしてやろうと、無謀なことを考えていた。

まあ、教養がなく下品なところは、父親譲りでもあった。血筋という点では、最悪のサラブレッドと言える。

そのとき、点《つ》けっぱなしだったパソコンが、メールの着信音を鳴らした。

「ん、何だ?」

辰也はベッドから降り、デスクに向かった。

メールソフトに表示されたアドレスを見て、胸がはずむ。それはいくつものフリーメールを経由する、あのグループとの連絡用に使っていたものだった。

件名がないのはいつものことで、本文も短い。というより、携帯番号が書かれているのみだった。

辰也はデスクの引き出しから、プリペイド携帯を取り出した。浮浪者に身分を偽って買わせたもので、こっちの素性が知られることはない。

念のため切っておいた電源を入れ、メールの番号にかける。もしも警察の罠だったら、直ちに携帯を処分すればいい。

「もしもし」

『あ、福田さんですか？　西野です』

「西野？」

『一度だけ、関さんのところでお目にかかったんですけど』

「関……ああ」

言われて、グループのメンバーだと思い出す。囮役専門の、地味でださいやつだ。

(警察は関係ないな)

辰也はとりあえず安堵した。

『お久しぶりです』

「ああ。お前は大丈夫だったのか？」

『はい。おれは使いっ走りだけだったので、警察にマークされてなかったみたいです』

まだメンバーが残っていたとは。もっとも、下っ端の囮役ではしょうがない。再び徒党を組むにしろ、役に立ちそうになかった。

「そうか。ラッキーだったな」

『おかげ様で。ところで、他のみんながぱくられたものですから、どこに連絡を取ればいいのかわからなくて、福田さんに連絡したんですけど』

「ん、どうした？」

『前に知り合った人妻から、パーティをやるのにクスリが欲しいって頼まれたんですよ』

「え、人妻？」

辰也の胸が高鳴る。

『セレブ妻っぽいんですけど、五、六人でセクパをするのに、クスリが足りないそうなんです』

「セクパ……セックスパーティか？」

『そうです。福田さん、どこかにツテはありますか？』

「だったら、おれがクスリを届けるよ。そこの住所はわかるか？」

『はい。世田谷の——』

住所から、都内の一等地だとわかる。どうやらマンションの一室で、淫靡な集会を開いているらしい。

（人妻か……）

電話を切ったあと、辰也はむふふとほくそ笑んだ。

これまでにもクスリを使ったパーティには、何度も参加した。しかし、参加者はみんな若く、女は女子大生かＯＬといった面々だった。人妻が加わったことはない。

そのため、是非仲間に加わりたいという気持ちがむくむくと湧きあがる。

（こんな真っ昼間からやってやがるのか。旦那がいないのをいいことに、好き放題にやってるんだな。まったく、淫乱な奥様たちだぜ）

それだけに、セックスも濃厚なのではないか。

たまには年上女性と愉しむのも乙《おつ》だろう。もしかしたら、こちらは年下でまだ若いということで、可愛がってもらえるかもしれない。

なかなか愉しめそうだと、期待が大いにふくらむ。辰也は手元にあったありったけのクスリをデイパックに入れ、急いで家を飛び出した。

2

車を急がせたにもかかわらず、工事渋滞に巻き込まれる。おかげで、到着までに一時間もかかってしまった。

(まあ、パーティはまだ佳境だろう)

西野の電話では、これから始まるような口振りであった。旦那が帰る夕方まで愉しむのだとすれば、まだ三時間以上もある。

着いたところは一等地にある、かなり大きなマンションだった。どんなに安く見積もっても、一室十億はくだらないであろう。

(なるほど、金と暇を持て余したセレブ妻たちが、愛欲に耽《ふけ》るわけか)

男のほうも金持ちのジジイたちかもしれない。だとすれば、下半身はとおに衰えているだろう。自分のような若者は、重宝されるに違いない。

(人妻はふたり、いや三人か。からだ持つかな?)

ニヤニヤ笑いが止まらぬまま、入口のインターホンで部屋を呼び出す。するど、何のやりとりもないまま、マンション玄関の自動ドアが空いた。クスリを持ってきた人間だと、すぐにわかったらしい。

（これは部屋に入ったら、すぐにやりまくりだな）

浮かれ気分でエレベーターに乗り、会場である部屋へ急ぐ。ドアチャイムを鳴らすと、少し経ってからドアが開いた。

「遅いわよ」

眉間に深いシワを刻み、開口一番そう言ったのは、三十路前後と思しき物憂げな面持ちの美女であった。

「あ、すす、すみません」

辰也が思わずしゃちほこ張ったのは、溢れんばかりの色気と、抜群なプロポーションに圧倒されたからだ。

お楽しみの真っ最中というより、すでにさんざんやりまくったあとみたいに髪が乱れている。おまけにノーメイクだが、すっぴんでも充分にイケるクールビューティーな美貌ゆえ、まったく気にならない。

身にまとうのは、ピンク色のベビードールだ。生地がかなり薄く、おっぱいがまる見え状態。かたちの良いふたつの球体は、頂上の突起も綺麗な色だった。

豊かな腰回りを包むパンティも、恥毛が透けるほどのシースルー。色白でむちむちした太腿は、むしゃぶりつきたいほどに肉感的だ。

(すげえ色っぽい。このひとが人妻なのか!)

左の薬指に嵌めた銀の指輪が、それを証明している。

「とにかく入ってちょうだい」

「お、お邪魔します」

玄関を入って廊下を進む。前を歩く人妻の、シースルーパンティが張りついた臀部に、辰也の目は惹きつけられた。

(なんていいケツなんだ)

ぷりぷりとはずむお肉は、いかにも張りと弾力に富んでいそうだ。両手に余る大きさも申し分ない。熟れ頃のそこから、女子大生や若いOLにはないエロい色気がぷんぷんと匂い立つ。

(ああ、このケツに顔を埋めたい)

いや、いっそ敷かれたいと、猥雑な体位が脳裏に浮かぶ。

突き当たりのドアを開けたところがLDK——リビングダイニングキッチンだ。かなり広く、でかいソファーと大画面テレビがあり、食卓も十人は坐れそうだ。カウンター向こうのキッチンも、どこぞのレストランの厨房のようである。

そこを抜けた次の間が、パーティ会場である寝室だった。

「え？」

辰也は啞然として立ちすくんだ。

キングサイズよりも大きなベッドがでんと鎮座するそこは、床にも大きなクッションがいくつも置かれ、クシャクシャになった毛布が散乱していた。それから、そこかしこに丸めたティッシュも見える。

部屋の一角には、洋酒の並んだカウンターがある。飲み残しや空いたグラスが乱雑に置いてあり、その前に置かれたガラステーブルの上にも、オードブルやピザなどが多量に残されていた。

いかにも宴のあとという眺め。ベッドの上には、俯せで眠るもうひとりの女性がいて、それ以外にひとの姿はなかったのである。

「あの……セクパは？」

怖ず怖ずと訊ねると、人妻が不機嫌そうに言う。

「終わったわよ」

「終わったって、いつですか？」

「三十分も前だけど」

確かに、洋酒や食べ物の匂いの他、どことなく淫靡な残り香が感じられる。では、西野が電話をかけてきた時点で、パーティは終盤だったのか。

(何だよ、もっと早く連絡しろよ)

見るからにトロそうなやつだったから、誰かに連絡を取ろうとして右往左往し、遅くなったのではないか。

「あの、セクパは何時ぐらいから始まったんですか？」

「十時だったかな。全員が集まってから始めたわけじゃなくて、入れ代わり立ち代わりみたいにやってたんだけど」

そうすると、メンバーは五、六人どころではなかったのかもしれない。そんな早くから荒淫に耽っていれば、物憂げな顔つきになるのは当然だ。

ただ、終わってからシャワーを浴びたのか、彼女自身はセックス後の饐《す》えた匂いを漂わせていなかった。成熟した女体の甘い香りと、ボディソープかコロンのものらしき香料が鼻腔をくすぐる。

(くそ。いい匂いだなあ)

小鼻をふくらませ、目の前の熟れボディに見とれていると、

「なに見てるのよ⁉」

人妻に睨まれてしまった。

「あ、すみません」

辰也は素直に頭を下げた。

仲間内ではふんぞり返っていることが多く、こんなにペコペコすることなんてないのである。けれど、相手が年上であることに加え、

(このひと、美人だけど性格がキツそうだな)

と、彼女自身の迫力にも呑まれてしまったようだ。

その一方で、こんな綺麗な奥さんから命令され、下僕のように扱われたいという、これまで覚えたことのない欲求が高まりつつあった。自分のことはサディストだと思っていたが、案外Mの気もあるのだろうか。

「んー、どうしたのぉ」

ベッドの女性が目を覚ます。彼女も人妻に違いない。ベッドから降り、目をこすりながら近づいてきた。

丈の長いネグリジェは、それほど薄くない。優美で上品な奥様ふうである。

年齢は、彼女のほうが少し上ではないか。いっそう熟れた趣《おもむき》の、むっちりボディ。髪こそ乱れているものの、メイクはほとんど崩れていない。

(こういうタイプの人妻もいいなあ)

それぞれに異なる魅力をアピールする人妻たちを前に、辰也は鼻息を荒くした。ふたりから弄ばれたくなっていたのだ。

「この子、今になってクスリを持ってきたっていうのよ」

「えー？　もうみんな帰ったじゃない」

「そうなんだけど、まだし足りない気分ではあるのよね」

「確かに」

ふたりから値踏みをするように見つめられ、辰也はエレクトした。

(し足りないのなら、おれが相手をしますよ！)

いつもなら即座にアピールするところである。ところが、年上女性をふたりも前にして、彼はすっかり萎縮していた。股間の分身は膨張しきっているというのに。

いや、自分から責めるのではなくリードされたいという気持ちが、そんな態度をとらせたのかもしれない。

「あなた、名前は？」

「た、辰也です」

姓を告げなかったのは、大臣の息子であることが、のちのちバレないようにするためであった。

「わたしはサキよ」

ベビードールの人妻が名乗る。

「わたしはマホ」

ネグリジェの熟れ妻は、思わせぶりに唇を舐めた。

「だったら、辰也君がわたしたちの相手をしてくれる？」

サキに艶めいた眼差しを向けられ、辰也は「は、はい」と即答した。

「それじゃ、こっちに来て、辰也君が持ってきたクスリを見せてちょうだい」

「わかりました」

手招きされるままベッドへ進み、デイパックの中身を並べる。

「とりあえず定番のＧＨＢと、あとはやっぱりエクスタシーですね」

それぞれの効き目と、自分が持ってきたものはどれだけ質がいいかをアピールする。

ところが、サキもマホも、あまり興味を惹かれない様子だ。他にいくつもの脱法ドラッグを紹介しても同じだった。

「だったら、シャブでキメセクといきますか？」

辰也は最後に覚醒剤を出した。

もっとも、彼自身は使ったことがない。薬物使用の反応が出たらまずいからである。相手の女に打って、反応を愉しむのが常だった。

すると、サキがふわわとあくびをする。

「つまらないわねえ。ありきたりのものばっかり」

「そうよね。若い子たちが売りさばいてるって聞いたから、もっと新しいものを持ってきてくれるのかと期待したのに」

マホもやれやれというふうに肩をすくめた。

「だったら、おふたりは普段、どんなものを使ってるんですか？」

さすがにムッとして言い返すと、サキがニヤリと不敵な笑みを浮かべた。

「使ってみる？」

「ええ、そんなにすごいやつだったら試したいですね」

答えてから、慌てて質問する。

「だけど、あとあと妙な影響が残ったりしないでしょうね？」

「心配しないで。副作用も後遺症も、何もないクスリなの。薬物検査にも引っ掛からないのよ」

「なのに、アソコはずっと元気で、何回イッても、もっともっとって感じに求めちゃうの」

口々に効果を告げられ、それは是非とも経験したいと思う。

「ちょっと待ってて」

マホがカウンターに進み、コップに水を注ぐ。その間に、サキがベッド脇のナイトテーブルから、パラフィン紙の小さな薬包を取り出した。

「さ、これよ」

渡された包みを開くと、オレンジがかった粉がひとつまみ入っていた。

「はい、お水」

マホがコップを寄越す。

(どうしよう……)

いざ飲む段になって、辰也は迷った。いくらセクシーな人妻たちから勧められたとは言え、名前も定かではないクスリを飲むのは危ない気がしたのである。

ところが、ふたりからじっと見つめられ、引くに引けなくなる。

(ええい、ここで飲まなきゃ男じゃないぞ)

自らを鼓舞し、粉薬を口に入れる。味を感じる前に素早く水を含み、ゴクッと飲み下した。

「はい、よくできました」

「偉いえらい」

サキとマホが拍手をする。小馬鹿にされたようながら、少しも悪い気がしなかった。それだけ彼女たちの虜になっていたからであろう。

「それじゃあ、脱いでちょうだい」

サキに命じられ、辰也は「え？」となった。

「これから三人で、たっぷり愉しみましょ」

マホも色めいた微笑を浮かべる。

辰也は操られるみたいに、着ているものを脱いだ。

3

最初は、ブリーフだけ穿いたままでいようかと思ったのである。けれど、辰也は思い切って素っ裸になった。隆々といきり立つ牡を見せつけたくなったのだ。

加えて、ふたりがどんな反応をするのかも、確かめたかった。

「あら、もう勃《た》ってたのね」

サキが目を細めて観察する。

「へえー、立派じゃない」

マホは笑顔で褒めてくれた。

さすが人妻だけあって、勃起したイチモツなど見慣れているようだ。それに、つい三十分前まで、男たちとやりまくっていたのである。

「さ、ここに寝て」

サキに言われるまま、ベッドの中央で仰向けになる。大の字で、股間の猛りを誇示した格好で。

「それじゃ、マホさん、ふたりで感じさせてあげようか」

「いいわよ、サキさん」

右側にサキが、左側にマホが膝を進める。彼女たちは同時に顔を伏せると、牡の乳首に口をつけた。

「あうう」

辰也はたまらず声をあげた。

何の役にも立たない男の胸突起を、ふたりの美女がペロペロと舐め、硬くなったものを転がす。くすぐったい快さに、腰が自然と左右にくねった。

（ああ、こんなのって）

呼吸がハァハァと荒くなる。

乳首を愛撫されるのは初めてではない。だが、ふたり同時にというのは、これまでになかった。

しかも、彼女たちは人妻なのだ。舌づかいもねっとりとねちっこく、別の生き物が這い回るかのよう。漂う髪や肌の甘い香りにも、脳幹が痺れる心地がした。

（た、たまらない）

股間の分身も刺激を受けていないのに、ビクンビクンとはしゃぎまわる。早くもクスリが効いてきたのか、いつも以上にふくれあがっている気がした。

乳首を吸い舐めながら、ふたりは股間へと手を向かわせた。それも示し合わせたように、同じ速度で。

指頭が絶妙なタッチで肌をなぞる。くすぐったくも気持ちがいい。乳首刺激と相まって、身悶えをせずにいられない。

しかも、焦らすみたいにゆっくりと進むのだ。

(ああ、早く)

辰也は心の中で強く願った。ペニスを握り、しごいてほしいと。

ところが、人妻の手は、なかなかそこへ至らない。

じゅわり——。

焦らされる分身が、熱い先走りをこぼす。粘っこいそれが筒肉を伝うのが、見なくてもわかった。

その間も、米粒みたいな乳頭を舌先ではじかれ続けた。

「くう、ううう、くはッ」

甘美な電流が鳩尾とヘソを経由して、股間へと流れる。痛いほどの勃起で、亀頭がパチンとはじけるのではないかと思えた。

(ええい、だったら)

こっちも反撃していいはずと、ふたりの乳房へ両手をのばす。ところが、ふくらみに触れるか触れないかというところで、邪険に振り払われてしまった。

「ちょっと、悪戯《いたずら》しないでよ」

顔をあげたサキに睨みつけられ、辰也は戸惑った。

「え？　だ、だって」

「そんなことされたら、集中できないじゃない」

マホも不服をあらわにする。

「今度さわったら、素っ裸のまま放り出すからね」

「そうよ。あとは自分でシコシコしなさい」

口々に罵られ、辰也は首を縮めた。

「ご、ごめんなさい。もうしません」

焦らされて頭がボーッとしていたため、理不尽な仕打ちにも逆らえない。涙目で謝ると、彼女たちはすぐに機嫌を直してくれた。

「うん、わかればいいのよ」

「ちゃんと気持ちよくしてあげるから、待ってなさい」

打って変わって優しい口調で言われる。完全にふたりから翻弄《ほんろう》されていた。

(ええい、もうしばらくの辛抱なんだ)

再び乳首ねぶりの甘美な仕打ちと、焦れったさに身を焦がす。ようやく、ふたつの手が牡器官に到着した。

ところが、最初に愛撫されたのはいきり立つ肉棹ではなく、真下の陰嚢であった。

(え、そっち?)

落胆しかけたものの、すりすりと撫でられて「あうう」と声を洩らす。焦らされたためか、目がくらむほどに快かったのだ。

「ふふ、キンタマがパンパンね」

「精子がいっぱい溜まってそう」

胸の上で淫らな言葉を交わすふたりの息で、唾液に濡れた乳首がひんやりする。それにも情感を高められる心地がした。

「ああ、ああ、ううう」

声を上げずにいられない。

しなやかな指で睾丸を転がされ、キュッと持ちあがったフクロを揉みほぐされる。ふたりから急所を愛撫されるなんて、これ以上の贅沢があるだろうか。

屹立の付け根がじっとりと湿った感じがあるのは、汗ばかりでなく、滴ったカウパー腺液のせいだろう。それだけ昂奮しているわけである。

(これでチンポをしごかれたら、どうなっちまうんだ?)

勢いよく噴出した白濁液が、天井まで届くのではないか。いや、睾丸が空になるまで、射精が長々と続くのではないだろうか。

その場面を想像すると、怖いと同時に待ちきれない。どれほど気持ちいいだろうと、期待が気球のごとくふくれあがった。

するると、人妻たちが同時に身を起こす。

「ねえ、出したい？」

サキが含み笑いで訊ねる。

「は、はい」

辰也は首を浮かせてうなずいた。

「それじゃ、ね？」

「うん」

ふたりは目配せし合うと、向かい合って右手をのばした。亀頭をミニトマトみたいに腫らし、ミミズのような血管を浮かせた牡の漲りへと。

そして、前後から挟むようにして握る。

「くぉおおおっ！」

辰也は声を張りあげ、腰を上下にはずませた。

（き、気持ちよすぎる！）

どちらの指も手のひらも柔らかで、肌のなめらかさもたまらない。加えて、体温など微妙に異なっているところにも、劣情を煽《あお》られた。

「すごいわ、カチカチ」

「鉄みたいね」

感動を込めたやりとりに、その部分を誇らしく脈打たせる。いつもより大きくなっているのは間違いなく、重なったふたりの手のあいだから、頭部がにょっきりとはみ出していた。

「じゃあ、一緒にシコシコしてあげるわ」

「白いの、いっぱい出しなさい」

分身を包み込んだふたつの手が上下する。だが、限界以上に充血したペニスは、少しも余裕がない。しかも、ふたり一緒の作業だから、余計に扱いづらいようだ。

「うう」

包皮がくびれに引っ掛かかる。痛みが生じて、辰也は呻いた。

「ちょっとやりにくいわね」

「そうね」

困ったふうに顔を見合わせた人妻たちであったが、何やら囁きあうと、サキが握ったものの真上に口を近づけた。

(え、それじゃ)

ひょっとしてしゃぶってくれるのか。しかし、口許をもごもごさせた彼女は、泡立った唾液をたらーっと垂らした。

「おお」

温かな液体が亀頭にかかり、腰の裏がゾクッとする。続いて、マホも同じことをした。

(ああ、唾がこんなに)

ふたりの唾液でヌラついて、勃起がいっそう卑猥な外観を呈する。仕上げにサキがもう一度垂らしてから、手淫奉仕が再開された。

今度は張り詰めた包皮は動かされない。すべる手でヌルヌルと摩擦される。

「うああ、あ、くうう」

目のくらむ愉悦が体幹を駆け抜ける。辰也は喘ぎ、両膝をすり合わせた。

「すごいわ、パンパン」

「オチンチン、破裂しちゃいそうよ」

愉しげに同時愛撫を施す人妻たち。手の動きがリズミカルになり、快感がいっそう高まった。

(ああ、天国だ)

まさにそこへ逝《い》かされるのだ。

「ほらほら、出して」

「早くどっぴゅんしなさい」

卑猥な励ましにも、神経を甘く蕩《とろ》かされる。辰也は時間をかけることなく、悦楽の頂上に達した。

「あああぁ、いく、いく、出るぅ」

普段は射精時に声など出さないのに、そうせずにいられなかった。頭の中が真っ白になり、意識が飛ぶ。

びゅくんッ――。

熱いしぶきが、ペニスの中心を貫いた。

「キャッ、出た」

「あ、あっ、すごい」

ふたりははしゃぐように、秘茎をこすり続ける。おかげで、快感はなかなか引かなかった。

その間ずっと、牡のエキスを放ち続ける。

宙に高く舞ったものは放物線を描いて落下し、自身の下腹や太腿に淫らな模様を描く。一部は人妻たちのナイティも汚したようだ。

（すごすぎる……）

　ザーメンと一緒に魂まで抜かれる心地がする。蕩ける快美にまみれ、辰也はありったけの白濁汁をほとばしらせた――。


　あまりの気持ちよさに、しばらく失神していたらしい。

「え？」

　気がついたとき、辰也は両手首と両足首を、それぞれ紐《ひも》で縛《しば》られていた。四本の紐はベッドの四隅にくくりつけられ、大の字で動けない状態だ。

　もちろん、一糸まとわぬ姿である。

「気がついた？」

　含み笑いの声とともに、顔を覗き込まれる。サキであった。

「ちょ、ちょっと、何だよこれ」

　年上相手に反抗的な態度を示したのは、断りもなく縛《いまし》められ、腹が立ったからである。けれど、彼女は少しも悪びれない。

「何だよって、お楽しみはこれからじゃない」

「え？」

「そうよ。プレイは始まったばかりなんだから」

そう言って覗き込んできたのはマホだ。ネグリジェを着ていたはずが、ブラとパンティのみの下着姿になっていた。

そして、サキもベビードールを脱ぎ、ドーム型の乳房をあらわにしていることに、今さら気がついた。

「ぷ、プレイって？」

いっそうセクシーに、というより煽情《せんじょう》的になった人妻たちに見つめられ、辰也はどぎまぎした。

「ねえ、わたしたちがどうして脱いだのか、わかる？」

「さ、さあ」

「辰也君のザーメンで汚されちゃったからだよ。いっぱい出たせいで、ネグリジェがベトベトになったんだからね」

「そうそう。濃くてくっさいのがたくさん出たのよ」

口々に責められ、頬が熱くなる。

かなり射精したのは確かながら、ふたりのナイティをそこまで汚しただろうか。辰也は疑問に思った。

ただ、快感が大きすぎたせいで、しっかり確認する余裕などなかった。彼女たちがそう言うのなら、事実かもしれない。

「でも、あれだけ出したのに、オチンチンは元気ね」

「わたしたちがあげたクスリが効いたのね」

このやりとりに、辰也はまさかと耳を疑った。

何回分もあったのではないかと思えるほど、精液を多量に噴きあげたのである。なのに、勃ちっぱなしだというのか。

現に、腰が酷く気怠《けだる》い。欲望もすっかり鎮まっていた。

それでも、半信半疑で頭をもたげ、驚愕で目を見開く。

なんと、本当にペニスがそそり立ったままだったのだ。亀頭を破裂しそうにふくらませ、ビクビクと脈打っている。

(嘘だろ……)

これがあのクスリの効果なのか。なるほどすごいと、辰也も認めないわけにはいかなかった。

「だけど、どうしておれを縛ったんですか?」

従順な男に戻って訊ねると、下着姿の人妻たちが顔を見合わせた。

「だって、これからもっと気持ちいいことをしてあげるのよ。なのに、逃げられちゃ困るもの」

「え、逃げる？」

「そうそう。だいたいの男たちは、二回も出したらもう無理って降参しちゃうのよね」

このやりとりで、そういうことかと理解する。どれだけザーメンを搾り取っても逃げられないよう、虜の身とさせられたのだ。

（じゃあ、何回ぐらい射精させるつもりなんだ？）

その問いかけをする前に、

「あうう」

辰也は呻き、背中を弓なりにした。サキが屹立を握ったのである。

「ふふ、カチカチ」

嬉しそうに言い、ゆるゆるとしごく。気持ちよくも鈍《にぶ》い痛みが生じたのは、多量に射精した影響であろう。

「じゃあ、サキさんに出してもらって。次はわたしがしてあげるから」

マホが目を細め、舌なめずりをする。いったい何回出せば終わるのか。先の見えない快楽の淵に突き落とされる気分を、辰也は味わっていた。

4

（ダメだ……本当に死ぬ）

青くさいザーメン臭が漂う中、辰也は息も絶え絶えであった。

二度目はサキの手でほとばしらせた。もっとも、マホも陰嚢をマッサージしてくれたから、ふたりがかりと言っていい。

三度目はマホ。このときはサキに乳首を舐められ、彼女の頭で見えなかったものの、フェラチオをされたようだった。ただ、ペニスの感覚が馬鹿になっていたから、断言はできない。

四度目はサキが、シースルーパンティのまま跨がった。ローションをたっぷりと垂らしてから、素股をされたのだ。

五度目は憶えていない。六度目も出したと思うが、何をされたのかまったく記憶がない。

とにかく、ようやくペニスが萎えて、ふたりは離れてくれたのである。

もはや睾丸は空のはずなのに、腰が重い。射精疲れのせいだ。しばらくは立ちあがることもできないのではないか。

現に、両手両足の縛めを解かれたのに、辰也は大の字で寝そべったままであった。

「やれやれ、ざまあないわね」

サキの声が耳に入る。嘲《あざけ》られても、反応する気になれない。

「こいつはどうするんですか？」

そう言ったのはマホだ。品のよさそうだった人妻に、こいつ呼ばわりされるとは思わなかった。

「あとで始末してくれるひとが来るはずよ。部屋のほうも、証拠が残らないように片付けてくれるって。わたしたちは先に帰っていいそうよ」

「じゃあ、もう行きましょうか」

(え、帰るって？)

ここは彼女たちの、いや、どちらかの住まいだと思っていた。なのに、帰るだの行くだの、どういうことなのか。

訳がわからず、辰也はようやく瞼《まぶた》を開く気になった。

「あら、起きたみたい」

「ホントですね」

ベッドの脇に立ち、こちらを見おろすふたりを見て、辰也は目を疑った。

サキは上下黒のスーツ姿。タイトミニから、すらりとした美脚がのびている。マホは上品なワンピースをまとい、いかにも清楚な奥様ふうだ。

あのセクシーなランジェリーは何だったのかと思える、やけに余所余所《よそよそ》しい身なり。明らかに室内用の装いではない。帰ると言ったから、出かけてまた戻るわけではないらしい。

つまり、この部屋は彼女たちの住まいではないということだ。

「お、お前たちはいったい――」

息が上がりそうになるのをどうにか堪え、辰也は訊ねた。すると、サキが見下した眼差しを向けてくる。

「わたしたちのことよりも、自分の心配をすれば？」

「何だと⁉」

「あんたが得意げにクスリのことをしゃべったところとか、わたしたちからイカされてザーメンをびゅるびゅる出しちゃったところとか、全部撮影したからね」

サキが得意げに述べたのに続き、

「それから、違法な薬物は、すべて押収させていただきました」

マホがやけに生真面目な口調で告げる。それでようやく、辰也は罠にかかったのだと察した。

「お、お前ら、デカか⁉」

「んー、そうとも言えるし、違うとも言えるし」

サキがまぜっ返す。

「何だよ、それは」

「まあ、そのうち本物の刑事が逮捕しに来るでしょうから、お家に帰ったら、首を洗って待っててくださいな」

マホが言う。そんなことになってたまるかと、辰也は最後の力を振り絞った。

「くそっ」

床に落ちていたジーンズを拾いあげ、ポケットを探る。そこには愛用のナイフがあった。ボタンひとつで刃が飛び出すタイプのものだ。

「え？」

「あっ！」

人妻たちが怯む。ダウンするまで射精させたから、反撃されるとは予想していなかったらしい。

辰也はどちらが与し易《くみやす》いか瞬時に判断し、マホに飛びかかった。背後から首に腕を回し、顔にナイフの刃をぴたりと当てる。

「動くなよ。刺すぞ」

精一杯ドスの利いた声で脅すと、ふたりの動きが止まった。

「さ、サキさぁん……」

マホが情けない声を洩らす。怖いのか、震えているようだ。

「フン。往生際の悪いやつね。だいたい、そんなナイフを持ち歩くのは、銃砲刀剣類所持等取締法違反よ」

「それがどうした。そんな法律が怖くて、クスリが持ち歩けるかよ」

「つたく、こんなことなら、あと二、三回イカせてやればよかったわ」

悔しげに眉をひそめたサキに、辰也は命令した。

「おい、おれのジーンズのポケットからスマホを出せ」

彼女が不承不承従うと、次の指示を出す。

「画面を開け。パスコードは『１１８９』だ」

「『いいヤク』ってこと？　あんたにはぴったりね」

「うるせえ。画面が開いたら、緊急ってアイコンをタップしろ」

　この時点では、自分がこの場をどう切り抜けるつもりなのか、彼女たちはわかっていなかったであろう。だが、スマホが通話状態となり、先方を呼び出したことで、察するものがあったのではないか。

「通話をスピーカーにしろ」

　サキが言われたとおりにするなり、スマホから声が出る。

『御用ですか？』

　簡潔に訊ねたのは、やけに低い男の声だった。

「すぐに来てくれ。部屋は――」

　番号を告げると、『わかりました』と返事があって通話が切れた。

「おい、マンションの玄関を解錠しろ。すぐに！」

　サキは仏頂面《ぶっちょうづら》で、壁のインターホンを操作した。助っ人が来るとわかっていても、人質を取られていては逆らえまい。

「おれがひとりで来たと思ってるのか？　おめでたいやつらだな。こちとら財務大臣の息子だから、ちゃんとボディガードがついてるんだよ」

「要は子守ってことでしょ？」

あくまで小馬鹿にした態度のサキに、辰也は余裕たっぷりに言い返した。

「ただの子守じゃないってのは、あいつらを見ればわかるさ」

さすがに彼女が顔色を変えたのは、「あいつら」という言葉で、ボディガードがひとりではないとわかったからだろう。間もなく、部屋のドアが乱暴に開けられる音が聞こえた。辰也が来たあと、ドアをロックしてなかったのだ。

「おい、こっちだ！」

怒鳴ると、足音がこちらに向かってくる。

そう言って寝室に入ってきたのは、黒服にサングラスの二人組。ボディガードだけあって、ガタイはかなり大きい。

「お呼びですか？」

それこそ、サキなど片手でひねり潰せるであろう。

「おれはこの人妻どもに裸に剝かれて、弄ばれたんだ。お返しに、そいつも素っ裸にしてやれ」

「わかりました」

「ついでに、たっぷりと辱めてやるんだ。何なら、ふたり同時に、ケツとマンコに突っ込んでもいいぞ」

従順なボディガードたちは、守るべき人間の命令には無条件で従う。疑問など差し挟むことなく、スーツ姿の人妻に対峙した。

じりっ、じりっとサキとの距離を詰める。一気に飛びかからないのは、相手の出方を窺っているのだろう。

（二対一だ。勝てるわけないさ）

仮に彼女たちが、危ぶんだとおりに刑事だったとしても、所詮は女だ。漫画じゃあるまいし、屈強な男ふたりを相手に闘うなんてできるはずがない。

ボディガードふたりの陰になり、サキの姿が見えなくなる。距離はかなり近づいており、あいつも観念する頃だろう。

「ほら、お仲間が恥ずかしい格好にさせられるところを、しっかり見てな」

ナイフの刃を頬に押し当てて言うと、マホが「うう」と呻く。サキの次は自分も同じ目に遭うと、わかっているのだ。

「おとなしくしてな、奥さん」

ボディガードの声が聞こえる。次の瞬間、

「ぐげぼッ！」

呻き声とも悲鳴ともつかない声が聞こえる。ガマガエルを絞め殺したようなという形容が、もっともぴったりであった。

続いて、ボディガードのひとりが真後ろへぶっ倒れる。その拍子にサングラスがはずれると、彼は白目を剝いていた。股間を両手で押さえているから、急所を蹴りあげられたらしい。

「こ、このアマっ！」

もうひとりがサキに摑みかかる。ところが、彼女の姿がすっと消えたものだから、ボディガードはもちろん、辰也も驚愕した。

(え、どこに行った⁉)

もちろん、本当に消えたわけではない。体勢を低くし、屈強な男の背後に回り込んだのである。その動きがあまりに素早かったものだから、目で追えなかったのだ。

「図体がでかいだけあって、てんでノロマね」

その言葉に反応して振り返ったボディガードであったが、攻撃はできなかった。サキの片足が床から離れたと思うや否や、美脚がコンパスのごとく円弧を描き、彼の首に回し蹴りを喰らわせたのである。

ゴキッ——。

不吉な音が鳴る。

それはただの蹴りではなかった。日本刀の殺陣《たて》もかくやというぐらいに華麗な動きは、まさに斬首だ。それだけの勢いとスピードがあった。

開脚角度は一二〇度以上あったはず。タイトミニの中があられもなく晒され、ローションプレイのあとで穿き替えたらしき黒いパンティが、辰也の目にも焼きついた。

残念ながら蹴りを食らったボディガードは、そこまで見えなかったに違いない。こちらは声ひとつ漏らすことなく膝を折り、床に顔面から倒れ込んだ。ゴンッと、鈍く不吉な音を響かせて。

「ううう」

急所をやられたほうが身を起こす。ボディガードの鑑《かがみ》たる捨て身の行動も、所詮は無駄な努力にしかならなかった。しゃがみ込んだサキが、鳩尾に強烈な突きをお見舞いしたからである。

「ぐほっ」

喘ぎの固まりを吐き出して、彼はダウンした。

「さてと」

サキが立ちあがる。今度は辰也が怯む番であった。人質をとっているにもかかわらず、彼女が近づいてくるのに合わせて、後ずさりをする。

「そ、それ以上近づくな。こいつを殺すぞっ！」

ナイフをマホの顔面に突き立てて脅しても、サキは平然としていた。

「そんなことをしたら、あんたが殺されることになるわよ」

「な、何だと？」

「ていうか、マホさんを傷つけなくても、殺しちゃうけどね」

サキが床に落としたバッグを拾いあげる。そこから取り出した黒いものに、辰也は目を疑った。

拳銃だ。オートマチックタイプで、いかにもずっしりと重そうなもの。

「本当は使いたくなかったんだけどね。あんたがナイフを出さなきゃ、生かしておくつもりだったんだけど」

「ふ、フン、どうせオモチャだろ」

辰也は精一杯強がったものの、モデルガンには見えなかった。おまけに、銃を構える姿が、やけに決まっている。

（こいつら、本当にデカだとしたら、拳銃も本物ってことになるぞ）

いや、だったら尚さら、簡単には撃てないはず。警察官の拳銃使用については、厳しい規定があるのだ。まして、容疑者を射殺しようものなら、逆に殺人罪で逮捕されることになる。

やはりこれはオモチャで、脅しているだけなのだ。そう結論づけた辰也であったが、

「さ、サキさん、本当に撃つの？」

マホが彼女に怯えた目を向けたものだから、まさかと蒼《あお》くなる。そうすると、本物の拳銃なのか。

「どうする？ ナイフを捨てて観念するのなら、許してあげてもいいけど」

「う、うるせえっ！ その手にのるかよ」

ヤケ気味に言い返すと、サキがやれやれという顔を見せた。

「あっそ。だったら、あの世で悔い改めなさい」

その言葉に続き、パーンと火薬の音が弾ける。同時に、額にかなりの衝撃を受けた。

(撃たれた……おれ、死ぬのか？)

辰也は混沌の中へと陥った――。

「ちょっと沙樹さん。それ、本物の拳銃じゃないですか！」

驚きをあらわにする真帆に、沙樹はクスッとほほ笑んだ。

「ええ、そうよ。だけど、弾はゴム製だから安心して。しばらく気絶してもらうだけだから」

「え？」

床に崩れ落ちた辰也の額を確認し、真帆は安堵の息をついた。

「もう……驚かさないでください」

憤慨の面持ちを見せた真帆を尻目に、沙樹は涼しい顔で拳銃をしまった。

「いいじゃない。真帆さんだって、ホテルのときにスタンガンを使ったんだし。わたしだってひとつぐらい、武器が欲しいもの」

「だけど、それ、どうしたんですか？」

「鍋島さんに都合してもらったの。あくまでも緊急時のみって、釘は刺されたけどね」

「そんなものを持ってるのが見つかったら、大変じゃないですか」

「不法所持で捕まるって？　そのときは、これを見せれば大丈夫よ」

そう言って沙樹がバッグから出したのは、鍋島の名刺であった。その裏には彼の自筆で、こう書かれてあった。

【この銃を持つ女性に、便宜と配慮を与えるように。東京都公安委員会委員長　鍋島

秀彦】

　要は拳銃の所持許可証ということか。

「え、こんなもので許されるんですか？」

「映画の『アンタッチャブル』では問題なかったわよ。デ・パルマのやつ」

「映画と現実は違いますよ」

　ほとほとあきれたふうな真帆を、沙樹はここぞとばかりに問い詰めた。

「そう言えば、こいつのをシコシコしてるのを見て思ったんだけど、真帆さん、西野君とヤッたでしょ」

「な、なに言ってるんですか⁉」

　真帆が大いにうろたえる。

「絶対にヤッたんだわ。だって、他のチンチンを思い出してるみたいな顔をしてたもの。西野君にも同じことをしたから、反芻してたんでしょ？」

「し、してません」

「絶対にしてる。だから彼は、真帆さんの言いなりになったんだわ」

「違いますってば」

「ううん。絶対にヤッてるわ。病院の屋上でも態度がおかしかったし、きっとあそこで童貞を奪ってあげたのね」

「うう……沙樹さんのバカぁ」

真帆は涙目になり、頬を紅潮させた。

エピローグ

総合調査開発産業の社長室。鍋島と沙樹と真帆は、大画面のテレビが流すニュースに見入っていた。

『今回の件は、誠に不徳の致すところです。成人しているとは言え、我が子のしでかしたことですから、親として責任を痛感しております。本当に、この度は申し訳ありませんでした』

苦虫を嚙みつぶした顔で、視線を手元の紙に向けたまま話すのは、財務大臣の福田である。

『責任を感じているということは、大臣の職をお辞めになるということですか？』

記者からの質問が飛ぶ。

『それにつきましては、どのような責任の取り方が相応しいかを考えた上で、結論を出すつもりです』

『辞めるんですか、辞めないんですか？』

『それは私の一存で決められることではありません。また決めるべきではないと考えております』

『仮に大臣を辞められた場合、議員は続けられるんですか？』

『仮定の質問にはお答えできません』

『では、大臣をお辞めになったときに、同じことを伺います』

『辞めると決まったわけではありません』

怒号、野次、カメラのフラッシュの音――。

「やれやれ、不毛だ」

鍋島がリモコンのボタンを押し、テレビの音を消す。

「確かにバカ息子がしでかしたことだが、あのバカ親が息子を正しい方向に導かなかったせいで、あのグループがのさばったんだ。できれば一緒に臭い飯を食ってもらいたいぐらいだよ」

そこまで言って気が済んだか、ふたりに笑顔を向けた。

「とにかくご苦労だった。これであのグループは、完全に死に体だ」

「ええ。西野君が教えてくれたおかげで、最後の砦《とりで》だったバカ息子も刑務所に送れましたし、本当によかったです」

「そうだな。西野君には、またお礼をせねばならんな。やつをおびき出すのにも協力してもらったそうじゃないか」

「ああ、それなら心配御無用です。西野君には、真帆さんがちゃんとお礼をするはずですから」

「ん？」

鍋島が怪訝な顔を見せる。沙樹も思わせぶりな流し目を送ったものの、真帆は無言でお茶をすすっていた。そんなこと知りませんというふうな、すまし顔で。

「まあ、しかし、今回はさすがにあの大臣も、息子のやらかしたことをなかったことにはできなかったようだな」

「ええ。そうならないように、ちゃんと手を打ちましたから」

証拠の数々は警視庁に渡したものの、それだけでは足りないと、辰也の映像記録は各マスコミに送った上に、さらにネットでも拡散させたのである。もちろん、沙樹と真帆は映っておらず、声も消しておいた。

「まあ、あそこまでやられれば、隠すのは不可能だな。ところで、君たちは違法薬物を使用していないんだね？」

「もちろんです。あのバカ息子に使ったのはＥＤ薬（勃起不全治療薬）ですから。彼は若いし、効果がいちばん長いやつだったので、萎えるまで出させるのに苦労しました」

笑顔で告げてから、ふと思い出す。

「ところで、ひとつだけわからないことがあるんですけど」

「ん、何かね？」

「気絶した福田辰也やボディガードは、誰が運び出したんですか？」

沙樹の質問に、鍋島は「ああ」とうなずいた。

「それはもちろん、力のあるやつに頼んだんだよ」

「力って――」

首をかしげた沙樹であったが、不意に思い出す。以前、この会社の廊下ですれ違った、筋肉隆々のふたり組を。

（じゃあ、あのひとたちが？）

部屋の証拠隠滅も含めて、後始末をしてくれたのであろうか。だったら、筋肉バカなんて言って悪かったなと、沙樹は反省した。

「しかし、まあ、あのバカ息子も驚いただろう。気がついたら家に戻っていたのだからな。しかも、元通りに服を着て」

鍋島が愉快そうに言う。

「そうですね。夢でも見てたのかって思ったでしょうね」

「うむ。少なくとも逮捕されるまでは、そう願っておっただろう――おや？」

鍋島が身を乗り出し、テレビのリモコンを手にする。再び音声が戻り、沙樹も画面に目を向けた。

『次のニュースです。先月、人妻専門の組織売春で家宅捜索をされ、営業停止となった「Ｄｏｎｎａ　Ｓｐｏｓａｔａ」ですが、その顧客名簿を当番組が入手いたしました。そこには警察関係者をはじめ、政治家や教育関係者、また芸能関係の――』

「え、あの名簿が⁉」

沙樹は驚いて鍋島を振り返った。けれど、彼も初耳だというふうに、目を丸くしている。

「あー、お茶が美味しいですね」

真帆が他人事みたいに言い、優雅な笑みを浮かべた。


（了）

長編小説
人妻刑事《ひとづまでか》
橘 真児《たちばなしんじ》

2018年8月6日　初版第一刷発行

ブックデザイン…………………… 橋元浩明(sowhat.Inc.)

発行人……………………………………………… 後藤明信
発行所………………………………………… 株式会社竹書房
〒102-0072　東京都千代田区飯田橋2－7－3
電話　03-3264-1576（代表）
03-3234-6301（編集）
http://www.takeshobo.co.jp
印刷・製本……………………………… 凸版印刷株式会社

ISBN978-4-8019-1547-3　C0193